窓の灯とおく

一穂ミチ

幻冬舎ルチル文庫

CONTENTS ✦目次✦

窓の灯とおく

✦カバーデザイン＝久保宏夏（omochi design）
✦ブックデザイン＝まるか工房

イラスト・穂波ゆきね✦

窓の灯とおく

自分の人生において、現時点で確実にラッキーだと言えるのは、男に生まれたことだ。

朝の、ぎゅうぎゅうの満員電車の中で思った。都心部ほどの殺気立った雰囲気はないものの、人間は体型も服装も頓着《とんちゃく》なく詰め込まれ、もし巨大な手が車両の天井を切り取ってケーキ型をひっくり返す要領でぽんっと逆さに振ったなら、雷おこしみたいに圧《お》し固められたまま出てきそうな気がする。

乗り換え駅までの約三十分間を築《きずき》は大体、うつむいて過ごす。少しでも多くの酸素を求めるなら上かもしれないけれど、背が低いので整髪料の匂いやら口臭やらヤニ臭やら、しばしばヘッドホンの音洩《おとも》れも、もろに降り注いでくる。それならひしめく他人の胴体でも見ている方がまだましだ。背広、ネクタイ、カーディガン、スカート。電車の揺れとカーブに合わせて押し合いへし合い、狭いパレットの中で無秩序な色がせめぎ合っている、毎朝の光景。首の向きまで固定されてしまうようなラッシュの中で、もぞもぞ動くそれは最初、健気《けなげ》にさえ見えた。どこかへ逃れようと必死な虫みたいで。でも意識して焦点を結ぶと、逃避ではなく遊興だとすぐに分かった。

濃紺のプリーツスカートの上を這《は》う、太った指。下から上へ、上から下へ。浅黒く、変にもちもちしていて、第二関節から付け根にかけて黒い短い毛がびっしり生えている。生理的嫌悪感、をそのまま形にしたようなずんぐり醜いそれがねちっこく少女の身体《からだ》を撫で回すさまは不快の一言に尽きた。そして、こんな目に遭う「女」という性に生まれなかった偶然に感謝した。自分のY染色体に。昨今男といえどもその手のリスクは皆無じゃないにせよ、女よりずっと確率は低いわけで。

性欲の多寡《たか》も生まれつきだろうか。頭とも下半身とも別個に、それ自体の独立した劣性でもってうごめいているかのように下品な指を眺めてふと思う。少なくとも築はこんな行為に及ぶ願望を覚えたことがないし、万が一覚えたところで実行に移しはしないわけで、自制や品性のどれくらいの割合が後天的に獲得したものなのか。

電車が駅に停まる。すいません、すいません、とローラーでのされる麵みたいに乗客が吐き出されていくが、同程度が乗ってくるので人口密度に余裕は生まれない。それでも圧縮の具合が微妙に変わったことで築のうなじに誰かの肩がぶつかり、押されて頭が上がる。

目の前で、セーラー服の女の子が、うつむき、首すじまで真っ赤になっていた。彼女に背中を向けるかたちで立っている背の高い男のえりあしが一緒に目に入ってきたから、肌に差す血の気の差がはっきり分かった。そして三つ編みのおくれ毛にしゃぶりつかんばかりの眼《まな》差《ざ》しを絡め密着している中年男。たぶん平静な表情を装っているつもりなのだろうが、目が血走っている。目頭から汚らしい粘液を垂らしそうだ。なめくじの這った後みたいなそれが目やにと混ざって毛穴のぷつぷつ目立つ、干からびたみかんの皮じみた顔面を伝うところまで想像して気持ち悪くなった。現実のなめくじは平気なのに、妙なものだ。

視線だけ落とすと、性懲《しょうこ》りのない手はまだスカートにはびこっていた。まだ夏服だから布地は薄く、長時間椅子に座るせいだろう、一部が擦り切れてかすかな照りを帯びている。指の動きは心なしかさっきより厚かましくなっていた。この子がどこで降りるんだか知らないが、このままではスカートの中、さらにその中、まで侵入しかねないと思えた。

このおっさん、今すぐ死なないかな？　と心中で考えた時、そのおぞましい手にもうひとつ、別の手が重なった。細くて白い。

「やめてください」

車輪の摩擦に車体の軋《きし》みに、たやすくかき消されてしまいそうな声で、しかし被害者当人が訴えたという展開は築を驚かせた。

ついさっきまで羞恥《しゅうち》と屈辱に蒸発してしまいそうだったのに。よく頑張りました、そしてここからどうなる？　周囲の空気が、微妙に変わったのが分かる。閉じていた口をまた改めてつぐみ直す感じに。この成り行きに耳をそばだてている人間は結構いるようだ。

「……はあ？」

男が、いびつにねじれた裏声を張り上げた。うるせーな。不要なボリュームは威嚇のため、それだけでこいつが認める気ゼロなのは明らかだった。

「なに？　何をやめてくれって？　俺が何したって？　ええ？」

緊張は波紋のように円形に、車両に拡《ひろ》がっていく。その中心にいる少女はわななく唇を閉じたり開いたりするのがどうやら精いっぱいで、反論などできる状態ではなかった。理不尽に勇気を出して抗議したら、返す刀で恫喝《どうかつ》だ。無理もない。

「黙ってねえでなんとか言えよ、姉ちゃん」

弱々しい沈黙に気をよくしてか、男はますます横柄になる。

「なあ、人前で大人に恥かかそうとしてるんだ。それなりの覚悟はあるんだろ？」

時には強く拒絶することが大事、とでも習ったのかもしれない。でもこんなふうに開き直られた時の対処は誰も教えてくれやしなかったんだろう。ええ？　と頭ごなしに浴びせられ、ふるえる横顔は今にも涙をこぼしそうだった。

「――いい加減にしろよ」

はっきりと通る声には、不穏に張り詰めたムードを軽快に断つ響きがあった。目をやれば、ついさっきまで背中を向けていたはずの男だ。

「痴漢しといて逆ギレすんなよ。俺、見てたんだから」

自分より上背のある若い男ににらまれて、風船がしぼむように中年男の威勢は目に見えて衰えた。見た目ってすごいなー、と築は冷静に観察した。眉毛《まゆげ》はちょっと上がり気味で、でも目頭から立ち上がるラインがやさしげだからりりしいけど強面《こわもて》には見えない。これと、絞ったら廃油の滴《したた》り落ちそうなおっさんとじゃギャラリーの判定も決まりきったようなもので。

しかし未だ往生際悪く「証拠出せよ」とぼそぼそ反論する。

「だから見てたっつってんじゃん」

そこで意図せず目が合ってしまった。そらす暇なく問いかけられる。

「あんたも見ただろ？」

確信に満ちた声、ここで「はい」と答えれば勝敗は一気に決するだろう。他の乗客も加勢するかもしれない。

けれど築は、答えた。

「いいえ」

電車が減速する。

「僕は何も見てません」

男が何かを言いかけたが、到着のアナウンスと共に駅に着き、扉が開いた。いくつかの路線が乗り入れている主要駅だから大半の乗客はここで降りる。築も例外ではないので降車の人波に紛れ、そのまま改札を出た。朝っぱらから面倒に巻き込まれるところだった。

そのままもう一度改札を抜け、別の電車に乗って会社に向かうはずだった。いつもの朝、いつもの通勤ルート。

けれど定期券の入った財布ごとＩＣセンサーにかざした瞬間、後ろからぐいっと肘《ひじ》をつかまれた。

「おい」

振り返ると、ついさっきの「正義の味方」がおっかない顔で、いた。すこし息が上がっている。人混《ひとご》みをかき分けて追いかけてきたのだろうかと思うと背筋がうすら寒くなった。それでも築は冷静に「何ですか」と答える。

「あんたさっき、うそついただろ」

「はい」

あっさり認めると、今度は「え」と絶句する。悪びれなさに驚いているらしい。築はおかしいな、と思う。何でばれたんだろう。当てずっぽうでわざわざ突っ込みにきたんならますます気持ち悪いな。

「……何で？」

腕は離さないまま問い質《ただ》された。

「何であの子が痴漢されてたの知ってて、とぼけたんだ」

「面倒ですから」

「面倒？」

「もし裁判にでも発展したら警察に話訊《き》かれたり法廷で証言するはめになるかもしれないから。だから、面倒」

淡々とした口調に相手はすこし呆気《あっけ》に取られていたが、すぐに鮮やかな怒りを顔にのぼらせた。

「そんな理由で見て見ぬふりしてんの？　あの子がかわいそうとか思わないわけ？」

「かわいそうだったら見てないものを見たって言い張ってもいいんですか？」

なるべく短く切り上げるつもりだったのに、何でこんな見ず知らずの他人に説教されなきゃいけないんだか、といらいらしてつい言い返してしまった。

「背中向けてましたよね？　少なくともあの女の子が声を上げる直前まで。それでどうやって目視するんですか、あのおっさんが無実だったらあんたのやったことは僕よりえげつない」

「あの子が痴漢でっち上げる必要なんてないじゃないか」

「示談金目当てとか色々あるでしょうよ。それより見てなかったことは認めるの？　認めないの？」

築が怯《ひる》まず反論してくるのに、少なからず驚いているようだった。無理もない。男にしては小さいしはっきり言うと貧相だし。けれど「ちょっと強くものを言えば大人しく従うだろう」という思い込みに合わせてやる義理もない。

「……あの子はうそを言ってない」

人の流れを塞《せ》き止めているのに今さら気付いたか、築を見たまま身体を横にずらす。見栄《みば》えのする立ち姿だった。勤め人には見えないTシャツとジーンズ姿、かと言って学生という若さでもなく、どういう身分なのだろうか。

「やっぱ見てないんだ」

「でも分かる。演技であんな声出せるかよ。あのまま黙ってたらもっとひどい目に遭わされてたかもしれないだろ」

「へんな偽証するほうがあの子のためにならないと思うけど」

「見て見ぬふりしてたやつに言われたくない」

だめだこりゃ。話にならない。もとより話し合う必要もないし。右腕に力を溜《た》め、勢いをつけて振りほどいた。

「バカじゃねーの」

冷め切った目で言い捨てると今度こそ改札を抜ける。電車を一本乗りそこねて腹が立った。くだらない時間を使わされたものだ。会社に着いてからもすぐ仕事をする気になれず、厳密なタイムスケジュールに縛られない研究職なのをいいことに漫画なんか読んでいると、ふらりと同僚が入ってきて文句を言った。

「お前のせいでえらい目に遭った」

痴漢？　と思わず訊きそうになる。

「僕？　何で？」

「もらった薬！　あれやっぱやばいだろ、酒飲んだらめためたになったぞ」

きのう、どうしても出なきゃならない同窓会があるのに頭が痛いとぼやくから、分けてやった鎮痛剤のことだろうか。日本製ではないが効果は自分の身体で試してあるし、薬と酒を一緒にするなというのは世界の常識だと思うので取り合わなかった。よっぽど疲れたのか、ソファーに横たわってぐったり目を閉じている。築は院卒なので、同期だけどふたつ下の初《は》鹿野《じかの》は見た目も人当たりも好ましくて、それこそ変態からいたいけな少女を守れそうな安定感がある。

初鹿野が僕の立場なら、と想像してみる。堂々と糾弾、はしないだろう。被害者を思いやって。そっと男をにらむとか身体を割り込ませるとか、そういうさりげないヘルプをしそう。あいつの立場なら――うそは言わないだろ、どう考えても。間に入って取りなすぐらいはするかも。おかしな人間に会ったものだ。向こう見ずというか独善的というか。

「――葛井《かずらい》」

「何？」

朝の一件を初鹿野に話そうかとちらりと思ったが、初鹿野が先に高校時代の話題なんて振ってくるものだからタイミングを逸してしまった。結局切り出さずじまいだったが、後からそれでよかったと思い直した。だって自分はあの時たぶん、初鹿野に味方になってほしかったから。何だそれ、へんなやつだな、そう笑ってもらって、楽になりたかったのだ。ばかばかしい。それじゃ簗が負い目を感じていることになる。打ち明けてから自覚したらもっと腹が立っただろうから、黙っていてよかった。

帰りは誰に邪魔されることなく改札を通過し、ちょうど乗り換え駅のホームに電車が入ってきたところに居合わせたのでスムーズに着席できた。かばんから読みかけの論文を取り出し目を通そうとした時、頭の上から「あ」という音が降ってきた。目線だけ上げて窺《うかが》うと朝やり合った男で、うわっと思ったが顔には出さず手元に目を落とす。簗の無反応が気に食わなかったのか、相手はよりにもよって隣の空席にどかっと腰掛けた。

第二ラウンドをご所望なのだろうか。居心地は悪いが自分から席を立ったり車両を移ったりするのもしゃくなので、簗は無視を決め込んだ。電車が出発して一駅過ぎ、二駅過ぎても何も吹っかけられやしなかったが、横顔をじっと見られている気配に、落ち着いて文章が読めない。何なんだよこいつ、と男と、集中を欠いた自分の両方にいら立つ。言いたいことがあるんならさっさと言えばいいのに。今朝みたいに。うつむいているとやつの履いているスニーカーが視界に入り、それが自分よりひと回り大きいサイズなのにまたいらいらした。

そして三十分後。

ほんとに、ほんとに何なんだよこいつ、と築は思っていた。

英語で書かれた学術論文なんてもう、一行も読解できない。首すじがくすぐったくて、肩が重くて。

執拗《しつよう》な視線がいつの間にか途切れたと思ったら、横から頭が、無造作になだれてきた。濁りのない規則的な寝息は安眠のサイン。

何こいつ、つーか重い。

つい十時間ほど前のトラブルを忘れたとでも？　つーか重い。

緊張感やプライドってものはないのか？　つーか重い。

あからさまに肩を揺すったりせき込むまねをしてみたりしても、健やかな呼吸には一糸の乱れもない。どっかりもたれかかって腕組みする指先が見える。深爪《ふかづめ》が過ぎるんじゃないかと思うほど短く切りそろえられた爪の端に、黒っぽいインクのようなものがにじんでいた。

ちっともそうは見えないが、デスクワーカーなのだろうか。

かなり大きく身動きしたつもりなのに、脱力しきった肉体は糊《のり》で固められたように築から離れない。真向かいのシートに座る、OLらしきふたり連れがこらえ切れない笑いを手で隠しながら「かわいいね」なんてささやき合っている。女の内緒話って、どうしてこう絶妙に

聞こえるボリュームなのか。代わってくれよ。

築はまたしても男と自分の両方に腹を立てていた。図々《ずうずう》しく車内で熟睡するバカと、さっさとこの場を立ち去らないバカ。ちまちま目を覚まさせようとしないで、立てばいいのだ。重いといったって身動きひとつとれないわけじゃなし、ぱっと腰を上げて移動する、ただそれだけで済む。こいつがシートに倒れ込もうと、手すりに頭をぶつけようと知ったことか。何でそれができないんだろう。

顎《あご》の下から首から肩から腕から、ひたりと添う他人の体温。肌に届く鼓動の息遣い。朝の、満員電車の中ではただただ不快をもよおさせるだけなのに。良心ていうやつだろうか、と自分を分析する。ここまで、赤子並みに無防備に寝こけられちゃあ。途中の駅でふたり組が降りて、車両の窓に映る自分と目が合う。怒るのか困るのか決めかねたようなピントの合わない表情が非常にバカっぽく思えて、途端、闇に浮かぶ築がげんなりとしていた。まだこっちの方がましだ。傍《かたわ》らの居眠り男は、リラックスを具現化したような間抜けづらだった。

それを確かめると、何をのんきなともっとむかむかしたっていいはずなのに、ガラスの中には、なぜか曖昧《あいまい》な苦笑が漂っている。これは本当に自分なのか、と思わずまじまじと身を乗り出そうとしたら向かいの空席が埋まり、見えなくなった。

そして次の停車駅を告げる車内放送で、そうだもう降りなきゃと気づいた。見ず知らずの寝太郎のために乗り過ごすなんてありえない。すばやく立って出て、振り返らなければいい。

結局ちっとも読み進められなかった紙の綴《つづ》りをかばんにしまう。起きろよな、と思っているはずなのに知らず手つきが慎重になっていた。一日に二度もへんなやつに遭遇してしまって、こっちの調子も何だか危ういのかもしれない。何でいつもの最寄り駅で降りるだけの行為に身構えなければならないのか。

電車が速度を下げながらホームに差しかかる。男は急に、タイマーが起動したようにぱっと顔を上げて後ろにぐるりと上体をねじった。ホームに下がる看板を読んだのかほーっと長い息を吐く。それからまた弾《はじ》かれたように築の方へ。忙しいやつだな。寝起きの茫洋《ぼうよう》の切っ端をくっつけた顔で、口元にはうすいよだれの膜が張っていた。危なかった。もう数分後ならこっちの服にまで垂らされてたかも。

「ごめん!」

神頼みみたいな勢いでぱんっと両手を合わせられる。

「マジ寝してた! ごめん!」

全然気にしてません、なんて思っちゃいないが、結果として黙認していたのも確かだから反応しづらく、ちょうどドアが開いたのをしおに築はようやっと席を離れて男の身体をかわし、電車を降りた。だるくなった右肩をもみほぐす後ろで扉が閉まり、

「重かったよな、ごめんな」

間近で声が。

「……はっ？」

口をきくつもりなんてなかったのに、発してしまった。

「いや違うよ、追っかけたんじゃねーよ、俺もここなんだって、まじでまじで」

同じご町内だと？　一瞬あ然としたがすぐどうでもいいやと放り投げることにした。関係ない。近所だろうが同じ電車に乗り合わせようが、赤の他人。痴漢の件でぐだぐだ言いたいわけでもなさそうだし、どこぞで出くわそうと知らん顔をしていればいいだけの話だ。一通り自分を納得させると改札に歩き出す。ついてくるようすはなかったので、出口は逆方向らしい。不幸中の幸いか。

「おーい！」

下り階段にさしかかったあたりで、大きな声で呼ばれた。知らんふりをする、と決めたばかりだったのに、その、からりと底抜けに明るい響きには人の足を止めさせてしまう磁力みたいなものが備わっていた。いるよなこういうやつ、と思った。何もしなくても人の輪の中心にいるような。築はいつも集団を遠巻きにするタイプだったから、人間関係の力学はそのぶんよく見えた。顔がいい、成績がいい、運動神経がいい、そういう因子だけじゃなくて、人が人を惹《ひ》きつける時、そこには何か動物的な力が働いているんじゃないかという気がする。

今、築が振り向いてしまったように。

「おやすみ！」

手を振っていた。それほどの距離じゃないのに、遠くの誰かに気づかせようとするみたいに大きく。だから一瞬、自分じゃない対象がいるのかと思ってあたりを見回してしまったが、人気《ひとけ》はない。もともと大型スーパーもめぼしい飲食店もない、マイナーな駅だ。長い腕が、メトロノームのように振れている。その動きにふっと心が空白になり、築は「なあ」と話しかけていた。

「何で朝、僕がうそついてるって分かった？」

言ってから失敗したと思った。再燃したら厄介なのに。でも男はちょっと首を傾《かし》げると「何となくだよ」とこともなげに答えた。

「何となく分かる。人と話す仕事してるからかな？」

動物的、というか感覚的にも程がある。そんな根拠にもならない根拠で見ず知らずの少女をかばい、見ず知らずの築を責めたのか。短いため息で呆《あき》れを表現し、築は階段を下りる。訊くだけ無駄だったな。一日の疲労にとどめを刺された気分だ。

線路沿いを歩いて帰る。フェンスの周囲にぼうぼう生えた雑草の合間合間で虫が鳴いていた。まだ蒸し暑い夜の中に秋が忍んでいる。りい、りい、りい、りい。そこここから聞こえてくるので、何かしらの会話の応酬みたいに思えてしまう。

人と話す仕事、だと言っていた。セールスマン？　接客業？　コールセンターとか……イメージじゃないな。学校の先生、も違うような。意表をついてホスト——がこんな時間に帰ってくるわけないか。電車が後ろから近づいてきて、風と轟音《ごうおん》と光が簗を追い抜いて行った。明かりのこぼれる箱が線路をたぐりながらたちまち遠ざかり、何でこんなくだらない想像など巡らせているのかとふしぎになった。あいつの素性がどうだろうと関係ない話だ。マンションに着いて郵便受けを覗《のぞ》くと、はがきが一枚届いていた。モン・サン・ミッシェルの写真。ヨーロッパ周遊中の両親からだ。

すごく楽しくやっています、ごはんもお酒もおいしい、と母の筆跡で他愛ないメッセージが書かれていた。記念日には食事や旅行を、旅先からはエアメールを、とかくその手の行事が好きなので、兄と姉にも同じものが届いているだろう。帰国後の「お土産取りにきなさい」攻撃を想像してすこしばかり憂うつになる。嫌いってわけじゃなく、人並みの感謝も尊敬もあるが気が合わない。世界が違う、と簗のほうでは思っている。一般的な基準から大いにずれているのはこっちだけど。結婚三十五周年だから、何て言ったっけ、珊瑚《さんご》婚式か。語呂悪いな。五年刻み、ダイヤモンド婚式まで行きたい場所は決めていると無邪気に話し合う夫婦を見ながら、毎日顔を突き合わせている相手と、旅行なんてしち面倒くさいこと、何がそんなに楽しみなんだろうと本気で分からなかった。

しばらく経《た》って、またもや例の男と出くわした。やっぱり帰りの、同じ時間帯の電車で。座席に座り、本を取り出そうとすると、革靴の頭にごく近く寄せられたスニーカーのつま先。どこにでも売っていそうなありふれたデザインなのに、すっと近づいてきたそれは、動物が鼻を近づけてあいさつする仕草を連想させて、だから築は、顔を上げる前から何となく予想していた。

「よかった、いた」

その台詞《せりふ》は想定外だった。何らかの意図があって築に会いたかったということか。心当たりがない。

「隣、いい？」

にこにこしながら訊かれて先日の見事な寝落ちがよみがえったものの、そっけなく「公共交通機関ですから」と答えた。

「え？」

「許可権も拒否権も僕にはない」

男はちょっと考えてから「普通に『いいよ』って言やいーのに」と横に座った。うるせーな、ていうか、ああいう返しをされてもくるのか。構わないことにして糸しおりの挟んである箇所まで辿《たど》っていると、「なあ」と話しかけられる。「はい」と極力機械的に返事した。

「本から顔上げてくんない？」

「何の必要があって？」

「大事な話があるから」

これが三度目の遭遇、でどういう重要性が生じるのか。

「こっちにはない」

きょうこそ自分のペースを貫いてやるんだと本に意識を集中させ始めた途端、ぱっと隣から引ったくられた。

「……おい」

さすがにむかつきを抑えられない。にらみつけると図々しい泥棒は「怒んないで」と抜かした。

「無理」

「一分だけちょうだい」

応じるまで返してくれそうになく、奪い返す腕力が自分に足りないのも明白だったから築は「どうぞ」と投げやりに頷《うなず》いた。

「ごめんなさい。ほんと」

おもむろに神妙な表情をつくると、がばっと頭を下げた。

「……何でまた謝んの？」

「またって？」

「こないだも『ごめん』を連呼された覚えがあるんだけど」

「それは居眠りの件だろ」

「きょうは？」

「いや、この前の、痴漢の……」

手持ち無沙汰《ぶさた》なのか、閉じた本から糸しおりをするする引き抜いていく。おい。

「冷静になると、あんたを責めたのはお門違いもいいとこだったなって」

だからすいませんでした、と駄目押しみたいにもう一度、首を折る。

「待ち構えてたわけ？」

「俺、仕事終わって駅着くの大体このぐらいだから、待ち構えてたってほどでもないけど。前後十五分ぐらいの幅で」

三十分なら結構なものだと思う。少なくとも築は、個人的な待ち合わせでそんなに許容できない。

「いつもはもっと早い電車乗ってんの？　それとももっと後？」

答える必要はないので、「本」とぶっきらぼうに手を突き出した。

「とっくに一分経ってる」

「あ、ごめん」

案外すんなり返してくれたかと思いきや、「名前は？」と口を閉じるようすがない。

「持ち時間終わっただろ」

「こっからは普通の雑談じゃん」

「したくない」

「本読んでるから？」

「そう」

男は表紙を覗き込み、「『遺伝子工学の未来』」と子どもみたいに音読した。

「きのうもそんなの読んでたよな。英語で全然分かんなかったけど。ＤＮＡとかＲＮＡとかところどころに書いてあったのは分かった」

人の手元盗み見てんじゃねーよ。

「……読んでるものをジロジロ見るのってどうなんだろう」

「読んでるものじゃなくって、耳見てたんだけど、ついでに目に入っちゃったっていうか」

ますます意味不明、というか気持ち悪い。こいつ、痴漢以上（以下？）の変態だったらどうしよう。築はもはやうろんな視線を隠そうともしなかったが、不審者は屈託なく続けた。

「あんたの耳、すげー形がいいから、ついガン見しちゃって」

そんなところを褒められたのは初めてだった。自分の長所を無理やり百個ひねり出すとしても耳の形状、という項目は思いつかないだろう。眼鏡《めがね》を引っかけるフックぐらいにしか意識したことがない。

「……いい耳って、どういうこと？」

「いやー、まあ大きさ？　耳たぶの厚さとかバランスとか……総合的に」

ただのフェチだろうか。何に偏愛を傾けようと個人の自由だけれど、その矢印を向けられるのはごめんだ。しかし目の前の笑顔にはちっとも病んだいびつさがない。好感度の高い変態だっているに違いないにせよ。

「俺、新《あらた》っていうんだけど。灰谷《はいたに》新」

とうとう自己紹介までされてしまったので築は小声で「葛井」と名乗った。

「下の名前は？」

「いいだろ別に」

「別にいいんなら教えてくれよ」

単純そうなのに、妙なところで口の立つやつだった。

「築」

「建築の築？」

「そう」

「ふたり足したら新築かー」

何で足す。

「縁を感じるよな」

と新は真顔で同意を求めてきた。冗談じゃないよ。

「引っ越してきたばっかだから、近くに友達できんの嬉《うれ》しい」

それについて否定はしないことにした。また会話が長引くだけだ。

「友達なら頼みを聞いてくれる？」

「うん」

「本読みたいから黙ってて」

「うん」

素直にこっくり頷いて、それから邪魔はされなかった。確かに。けれど前回同様、図々しい視線を感じはする。だから新の側にさらされた耳だけ、あぶられているようにちりちりした。髪の感触、眼鏡の重さ、車内のゆるい冷房。そういったものをいつもより過敏に感知して何だか落ち着かない。片耳だけ二倍にも三倍にも膨れ上がったみたいで、そのビジュアルを思い描くと非常にこっけいだった。

ペンフィールドのホムンクルスを思い出す。大脳の感覚皮質において、身体のパーツがそれぞれどれぐらいの割合を占めているのかを、人間の形で表したもの。とてもグロテスクでアンバランスな小人。体幹は貧弱なのに巨大な両手と長く太い指、頭でっかちで突き出た唇と舌、ぎょろりとした目。耳もそこそこ大きかったような気がする。

「着いたよ」

肩を軽く叩《たた》かれ、長い指が目に入った。結局、ページを一度も繰らなかったことに気づいているだろうか。すこし動揺して振り落とすように肩を揺すってしまった。それから、しまった、と思った。行動にじゃなく、焦り、という心の動きに。あまり動じないタイプのはずなのに、悔しい。新は気にするそぶりなく一緒に降り、そして同じ階段を下り――おかしいだろ。

「ちょっと」

改札の前で向き直る。

「何でついてくんの」

「俺もこっちだから」

「こないだ北口から帰ってただろ」

「間違えたんだって。言ったじゃん、越してきたばっかだって。このへん、ランドマーク的な建物がないから分かんなくなる」

言い分を疑う理由はない。でも築には不可解でならなかった。どうして自分みたいに愛想も面白味もない人間にくっついてくるのか。女なら、下心という線もぎりぎりでありかもしれないが。

線路のカーブから左にそれ、信号を渡るルートまで同じ。うす気味悪いと思っていたら新はコンビニを指差して「買い物してくから」と言う。正直ほっとした。

「築は？」

「寄らない」

「築って呼んでもいい？」

「呼んでから言うなよ」

「確認してなかったよなと思って」

面《つら》の皮が厚いくせに妙なところで律儀だ。

「単なる分類記号だし、好きにすれば」

名字も名前も、自分で考えてつけたものでなし。

「はは」と新は笑った。

「お前って面白いなー」

そして道向こうのコンビニまでたたっと駆けて自動ドアの手前で振り向くと、前回と同じように「おやすみ」と大きく手を振った。築は無反応で家に向かう。よかった、寄り道してくれて。距離感に疎いやつは嫌いだ。

帰宅してシャワーを浴びていると、消防車のけたたましいサイレンが聞こえた。何台も連なっているのか、なかなか途切れない。よっぽど近所なんだろうか。火の手が見えたりして。濡《ぬ》れた頭を拭《ふ》きながらカーテンを開けると、狭い道路一本挟んですぐ向かいにもマンションが建っている。

その、築から真正面の、大きな窓の中に新がいた。同じく、火事を気にして窓辺から覗き込んでいるふうに。

ばっちり目が合った。

「あ」

声を上げてから、聞こえるはずもないのに手で口をふさぐ。新は驚きの後、喜色を満面にしてやっぱり手を振った。しゃっとカーテンを閉めて交流を遮断してしまう。やっと落ち着いたと思ったのに。そりゃ帰り道もかぶるはずだ、お向かいさんだなんて。いつからいるんだろう。洗濯は乾燥機か部屋干しですませているし、明るいのはむしろ苦手なのでほとんどカーテンを開けない生活だった。だから目の前が建物という悪条件でも特に気にしなかったのだ。

やだやだ。何をする気もなくなってしまい、早々に電気を消してベッドに倒れ込む。まだ湿った髪が枕カバーに押しつけられ、後ろ頭がひんやりした。消灯まで把握されているだろう、いやな気分だ。でも目を閉じると頭の中には、カーテンを閉める寸前の新の顔がはっきりと浮かんでいる。笑うと鼻から下に逆さ三日月のできる、大きな口が動いていた。左右に引いて、すぼめて、また引いて。すぐに分かった。きずき、と言ったのが。

二棟のマンションは玄関も向かい合わせで、他に出入りできるところはない。ということはお互いに行動が筒抜けなわけで、

「あっ、築！　ちょっと待って、俺も今下りる！」

出がけにベランダから声が降ってくる、こんな展開も予想しないではなかった。言われるまま立ち止まったのは、どうせ追いつかれるだろう、という諦《あきら》めによるものだ。コンパスが違うし、走っても絶対新のほうが速いと思う。

「ごめん、ありがと、おはよう」

色々一緒くたにすませてしまうと「びっくりしたな、ゆうべ」とつま先をとんとんスニーカーに押し込みながら言う。築はちらりと新の部屋を見上げ、昨夜からの疑問を口にする。

「ていうか、何でカーテンがないの？」

窓の一部はポスターか何かだろうか、ばかでかい白い紙でふさがれているのだけれど、他には遮蔽物がなく、きのうだって新の背後にあるクローゼットの扉やキッチンまで見通せた。転居したてといったって、カーテンなんか真っ先に準備する生活必需品のひとつじゃないのか。

「いやー、うちさ、ロフトがあるから天井高いんだよ」

目算で階数を数えてみると確かにそうだった。築が七階建ての七階、なのに新の部屋は五

階建ての五階。

「だから、窓もでかい、つーか長くて、普通のカーテンだと丈が足りなくて。オーダーすんのもめんどくさいし、まあいいやって」

「露出狂……」

「何でだよ」

「落ち着かないよ、普通は」

「向かいのマンションの人全然カーテン開けねーな、ちょうどいいやって思ってたら築だったのな」

「うちの両隣からだって見えると思うけど」

「んー……」

新は築のマンションを見上げて「別にいい」とあっさり結論づけた。

「寝るとこは見えないし、特に困るってこともないし。それに俺、好きなんだ」

「見られるのが？」

「違うって！　人の家の、明かり。街頭でも店の照明でもなくて、普通の家の見てると何か、ほっとしない？」

「別に」

そっけなく返して歩き出すと、新が頭を指差して「寝ぐせ」と指摘する。

「知ってる」

ろくろく乾かさずに寝たせいだ。

「直さねーの？　え？　ひょっとして急いでる？　俺、引き留めちゃいけなかった？」

「水つけたけど戻んなかったから」

「ムースとかワックスは？」

「持ってない」

「濡れタオル、レンチンしてしばらくあてとくとか」

「めんどくさい。時間経ったら戻るし、人に会う仕事じゃないし」

みっともないとかかっこ悪いとか言われたら「うるさい」と言おうと、半ば待ち構える心持ちでいたのだけれど、新は「ほんとおもしれーなー」とむしろ感嘆してみせた。

「何でだよ」

「いや何か自然体だし……初めて会った時から正直つーか裏表ないつーか」

「めんどくさいだけだって言ってるだろ」

裏と表を設定するのさえ。

「何の仕事してんの」

「研究」

「ふーん。確かにそんな感じ。でもちゃんとスーツ着てんだ」

社内では白衣着用だし、過度にカジュアルでなければあまりうるさく口出しはされないが、社会人の制服としていちばん無難だからそうしているだけの話だ。極力手間は排して生きていきたい。

「何の研究してんの」

「言っても分かんないと思う」

「大丈夫だよ。賢い人間ほどバカにも分かるように説明してくれるもんだから」

言いようによってはかなりのいやみなのだけれど、あんまりすかっと言い切るものだから毒気を抜かれてしまって、ため息はちいさな笑いに変わった。

「……遺伝子」

「うそ！　すげー。かっけー！」

「灰谷が想像してるのとは全然違うと思う」

初めて名前を呼んだ。

「え、何で？」

「クローンとか、そういうSFみたいなの連想しただろ？」

「うん」

「そんなかっこいい仕事はしてないよ」

「じゃあどんな？」

いつの間にかホームまで来ていて、会話は自然とそこで打ち止めになった。すし詰めの車内は、のんびり世間話が許されるような場所ではない。圧縮されながら揺られ、新の肩に額をぎゅうぎゅう押しつける。息と変わらないほどごくごく絞った「大丈夫？」という声が、耳を掠《かす》める。築はどうにか頷くことができた。

その日の仕事をひととおり終えたのは九時すぎだった。今からまっすぐ帰ったら新と遭遇するにはすこし早いのかもしれない。時計を見ながら自然とそんなことを考えている自分に軽く驚いた。子どもじゃあるまいし、第一、一緒に行くとか一緒に帰るとか、その手の連帯とはまったく無縁に生きてきたのに。さっさと帰り支度を済ませ、聞こえなくても可、ぐらいのテンションで「お先に失礼します」と残し、開発室を出ると固いものとぶつかった。

「お、すまん。大丈夫か」

「いえ、こちらこそ失礼致しました」

布のかかった箱を胸に抱えているのは勤め先の最高権力者だったので、築も社会人としての礼儀ぐらいは発揮する。

「葛井は相変わらず全然そう思ってないのが丸分かりでいいなあ！」

ばれているらしいが。築は無視して続ける。

「社長、そのお荷物は割れ物でしょうか。今、当たってしまいました」

「何だと思う？」

「さあ見当もつきません」

考える努力を放棄した棒読みに上司はげらげら笑った。ひょっとすると酔っているのかもしれない。

「さっき協進《きょうしん》ケミカルさんとこ行ってきてな、分けてもらった」

じゃーん。黒い布を剝《む》かれると、その下はプラスチックの飼育ケースで、さらに中には緑色の葉が敷き詰められ、黒い、指の先ほどの、丸いものが三つ。まじまじと覗き込む。

「何だ、驚かないな。秘書課は大騒ぎだったぞ。見せる相手を間違えたな」

「そうですね」

築はさらりと流して一礼し「それではほかの者で仕切り直してください」と帰ろうとすると「待て待て」と引き留められた。

「何でしょう」

「その神経の太さを見込んで君にこれを託そうと思う」

「……は？」

飼育箱を押しつけられた。緑のベッドでは安らかに蛾《が》の幼虫——蚕《かいこ》がうごめいている。

「意味が分かりかねますが」

「やる、と言ってるんだ。犬とか猫とか社内で飼うの、最近は流行《はや》ってるだろう」

「かなりかけ離れてます」

「ゲノムは大差ないだろう、って、葛井に言うのは釈迦《しゃか》に説法だな。ははは。まあかわいがってくれ。何なら繭《まゆ》取ってもいいぞ、大人の理科実験って感じで。どうだ？」

「ご自分でどうぞ」

立場を投げ出して突っ返しそうになったが、向こうが「じゃっ」と一方的にきびすを返したため空振りになった。ろくでもないお土産を両手に開発課へとリターンすると、一部始終を聞いていたはずの同僚たちは一斉に目を逸《そ》らした。しかし逆の立場なら間違いなくそうするだろうから責められない。築は箱を手近なキャビネットに置くと、パソコンで蚕について調べ始めた。実験用の個体だろうが、生態は通常のそれと同じはず。社長の口ぶりだとかなり気軽に譲られたようだがこっちの不手際で死なせてしまったならトラブルにならないとも限らない。飼い方、えさ、寿命。繭を取るなんて現実的じゃないが、ライフサイクルはかなり短いはずだから、穏便に一生を終えてもらうことを目標に設定した。

ネットをあちこち拾い読みして分かったのは、蚕という種が、人間によって馴致《じゅんち》されすぎて本能をすっかり喪失してしまったこと、成虫になっても、ろくに摂食も飛行もできないこと、などだった。それでいて家畜だから単位は「頭」。雄の吐く糸の方が質が高い……そうだ、こいつら性別は？　プラスチック越しに凝視したって素人目には判然としなかった。羽化したら別々にしないと、繁殖してしまうかもしれない。今はまだちいさな身体のどこかに潜む本能で。こいつらも人間も、交尾という同じ手段で子孫を残すんだと思うと、ふしぎな気分になる。種の存続という目的において、有性生殖が無性生殖より有利だという根拠はない、と何かの本で読んだ記憶があるのだけれど――。

「葛井、何調べてんの」

向かいの席の同僚が話しかけてきた。

「蚕の生態と飼育方法について」

「え、それ飼うの？　物好きだな……」

ほかにどうしろって。

「何か面白いこと分かった？」

得たばかりの情報をかいつまんで話すと「かわいそうだな」と感想を洩らした。

「食べるのも飛ぶのもできなくなったなんて」

「どうして？」

今度は築が尋ねる。

「身の上を認識する知能もないんだから、かわいそうも何もない」

この中に人間並みの脳みそが入っていれば気の毒にくらいは思うかもしれない。築が自分の考えをごく自然に述べると、気味悪そうな視線をよこされた。

「お前ってそういうこと素で言うから怖いよ」

こいつは研究をするうえで、ショウジョウバエやマウスやラットを、自己都合でいいように取り扱った経験はないのだろうか。いや、内心ではいちいち感傷に苛《さいな》まれながら実験をしていたのかもしれない。考えるだけで面倒なので共感できない自分は幸いだと思う。


ホームに向かう下り階段の途中で後ろから肩を叩かれる。振り返る前に分かっていたから「電車出るよ」と返事だけしてそのまま足を進める。

「俺、きょうは待ってないよ。まじ偶然」

「そう」

蚕の一幕で三十分ばかりロスしたことからがもう偶然なのか。しばらく養わなければいけないらしい幼虫どもを思い出すと改めて憂うつだ。

「どした?」

シートの隣から新が覗き込んでくる。

「……なに」

「顔が怖い」

「元からだよ」

「何言ってんだよ。何かやなことあった？」

別に、とかぶりを振って本を開く。三回ほどページをめくったあたりで、ふっと気がついた。何をしゃべったわけでも解決したわけでもないのに、すこしだけ気持ちが軽くなっている。

アルミホイルを奥歯で嚙《か》むような不機嫌がましになった。あれ、と考えてみて、性懲りもなく舟を漕ぎ出している新の存在に思い当たった。どうやら、察して気遣われた、という事実で自分はちょっと、楽になったらしい。何ら現実に作用しないのに「やなことあった？」という言葉だけで、あれこれと話しかけてこず、黙って隣にいたというだけで（それは単に眠かったせいかもしれないけれど）。

へんなの、とひどく新鮮な驚きに顔を上げると、窓の中で、新の頭はゆっくりと築の肩に着地する。重みと、硬い髪の感触と、体温と。つい最近とまったく同じ事象のはずなのに、前ほどそれを疎ましく感じない自分も、やっぱりへんなのだった。

鼻の奥がむずむずしてきた。覚えのある生理現象の兆しだった。築はとっさに息を止め、くしゃみの勢いをやりすごす。胸から喉《のど》の間でごくちいさな爆発はあったが、身体はほとんど動かなかった。傍らの新にも異変のないことを確かめ、再び活字に目を落とす。

と、視界の隅っこに、妙なものが飛び込んできた。それは新のパーカーのポケットからはみ出していて、何だ、と思った時にはもう、ぽろりと築の膝《ひざ》の上に落ちた。

どう見ても人の指、だった。

考えるより早くそれをぎゅっと握り込み、さりげなく周囲を窺う。どうやら誰にも見られていない。さすがに心臓が騒いでいた。が、手の中のものが本物じゃないのは触ってみると分かった。中は空洞だ。押すとへこむ。たぶんシリコンか何か。でも、一瞬にせよ、肉眼では疑う余地もないほど精巧で、爪も、しわもついていて、色合いといい質感といい、ジョークグッズのレベルじゃない。築がまず考えたのは、新が義指を使っている、という可能性だった。居眠りする時のくせなのか、腕組みしている手を見つめる。これはどっちの、どの指？　こぶしを開いて確認する勇気が、なぜか出ない。仮に断面から血のしたたるような人体のかけらであったにせよ、危害を加える可能性のないモノである以上恐怖には値しないと思っているのに。

上腕のカーブに沿ってゆるく曲がった新の指は、どれも自前にしか見えなかった。けれど一瞬垣間見た造り物のリアルさを考えると、自分の目に自信がなくなってくる。大きく開いて振っていた手。あの中に、血も肉も神経も通っていない一本が、交じっているのだろうか。生あたたかい指を手のひらにくるんだまま、結局、きょうも築の読書は進まない。

降車駅が近づくと新は、またぱちりと見事に覚醒《かくせい》した。狸《たぬき》寝入りではないのだろうが、築の側にしかよりかかってこないところといい、都合のいいやつ、とは思う。

「ごめん、また寝ちゃってた。おかしーな、俺、そんなに電車で寝ないほうなんだけど」

「何の説得力もない」

「ほんとだって！　こないだは、夜更かししてたからめちゃ眠かっただけで……。肩の位置とか、ちょうどいいのかな」

築の背がもっと高ければ寄りかかりやすいという言い訳も立つけど、それはないだろう。よく寝違えないなと感心するほど首の角度に無理がある。しかしそれより今は、さっさと渡さなければならないものが。ホームで築は「落とし物」と握ったままの手を突き出した。

「え？」

「ポケットから落ちた、って言ったら分かるだろ？」

新はごそごそ腹の前を探って「あっ」と口を開く。

「……指？」

「そう」

手を開くと、大事そうにつまみ上げ「よかったー……」と安堵《あんど》の笑みを洩らした。やっぱりただのおもちゃなんかじゃなさそうだ。天井の蛍光灯に照らされるそれは改めて見てもできすぎなほどリアルなパーツで、思わず「早くしまって」と注意した。

「びっくりしなかった？」

「するよ普通」

「築でも『普通』なんて言うんだ」

「は？」

「だってお前、だいぶ変わってるもん」

「大きなお世話だよ」

「でもよかった、築で。車内大騒ぎになるところだったな」

ちょっと寄ってけよ、と軽く肘の内側を取られ、その発言がさっきまでの会話とどうつながるのか分からず、顔をしかめる。

「何で？」

「お礼に。めしこれからだろ？　まだこのへんの店よく知らないから、うちで食おう。大したもん作れないけど」

「いらない」

「何で？」

こんなにはっきり断ってるのに、何で食い下がれるかな。きっと相対的に見てよくできた顔だからだな、と築は自分の疑問に自分なりの解答を出す。粘っこいしつこさやいやらしさとは無縁で、人を不快にさせない。だから人にはねつけられる痛手も負わずに屈託のないつらをしていられる。ただし、異性が相手なら。

「寝るだけだからこんな時間に何も食べなくていいし、他人の家は嫌いだから」

「何で嫌いなの？」

「くどいな」

「あ、ごめん」

もうちょっと悪びれろよ。

「築ってはっきり言うからさ、ついこっちも訊きたくなるんだよ」

「何で僕のせいなんだよ」

「せいじゃなくて……『えー……』とか『ちょっと……』って濁されたら逆にこっちもすんなり引き下がるんだけど、あんまりきっぱりしてるから、その先を知りたくなるわけ。人に受け入れられるかどうかは別として、お前の中にはちゃんと理由があって、それを表明する準備もいつでもできてるって感じがするから」

第一印象ほどはバカじゃないんだな、と思い直す。それなりの洞察力があるならわざわざ築に絡んでくる理由はますます理解しがたいけれど。とにかく新は、こっちの性格をある程度まで把握したうえでコミュニケーションを図っているらしい。物好きなことだ。

「他人の家は勝手が分からなくて落ち着かないから居心地が悪い」

お望み通りに答えてやると新は「なあんだ」と笑い飛ばした。

「よその縄張りがいやってことか。猫みたいだな」

「ほっとけ」

「じゃあ俺が築んちに行こっか」

「何でだよ」

ほんとうについてこられそうな気がして腕を振り払う。部屋番号まで割れている以上あながち冗談では済まされない。なのに「はは」と能天気な声を上げられてけったくそ悪い、と思った。

「コンビニで何か買ってく？」

「いらない」

「じゃあ、あるもんで作るな」

流されやすいタイプではないはずだ。宗教の勧誘もセールスも、トークを展開される前に「いりません」とぶった切って拒絶できる。逆に言うと築が仕方なくでも許容することは、ちゃんとそのためのスペースが心に存在することを意味している。人間が笑う時、「笑い」という情動より前に笑顔がつくられているのだという。だから同様に、断固としてNOを貫かなければ、自分の心はYESなんだと納得するしかない——蚕にせよ、こいつにせよ。

部屋に入って、大きな窓の半分を占めていたものの正体が判明した。ポスター、カレンダー、写真、そのいずれでもなく、またその用途は見ただけでは分からない。大きな模造紙が五センチ四方ほどの正方形にびっしり区切られ、その何十に上る縦横の四角には絵の具がきれいに塗られていた。オレンジ、ピンク、黄色、茶色、遠目には滑らかなグラデーションを描いているが、ひとつひとつの枡《ます》の色は違う。隣同士は差が分からないほど微妙な近似値で、印刷されたグラフィックじゃなくて、肉筆のようだ。美しい、と言えないことはないがそれよりは偏執的な情熱を窺わせて、これを新が描いたのかと思うと正直ぞっとしないでもなかった。

名前と住所のほかに何も知らない男の家に上がり込んだうかつさを今さら後悔し始めていた。ほんとどうかしてる。しかし感情を出そうとしてもあまり出ないタイプなので、築は至って平坦に「何これ」と尋ねた。

「芸術の素養がないから、何かしらのアートなら悪いんだけど」

「アートに見える？」

鍋を火にかけながら新は愉快そうだった。

「手間と労力は賞賛に値すると思う」

「そりゃどうも」

「灰谷が描いたの？」

「描いたっつーか塗っただけ」

パーカーを探って取り出したのはさっきの指だった。

「これ、俺が作ったんだ。その色は、仕事で使う肌色だよ。イメージしやすいように見えるところに貼《は》ってあるんだ」

「……こんなに？　これが全部、肌の色？」

千じゃきかないバリエーションだ。

「うん。でも実際作業してるとぴったりハマる色なんてなかなかないよ。あれこれ混ぜて、もちろん青とか緑も足すし……毎回毎回わけ分かんなくなるよ」

俺が下手なだけなんだけどさ、と話す口調はさばさばしていて、新がその苦労をすこしも嫌がっていないのが伝わってきた。

「作るのは指だけ？」

「何でも」

いとも軽く請け合ってのける。

「手も足も、顔も、唇も……ああでも、胸はあんまり。やっぱり先方がいやがるから。男だと」

「義肢製作ってこと？」

「人工ボディとかエピテーゼとかいう。俺はメカニカルな義手とか義足は造れないけど。あくまで外見上のカムフラージュ用な」

そういう職業があることぐらいは知っていたが、実際に会うのは初めてだった。新が大きな背を丸めて、あの緻密《ちみつ》な指を作っている場面を想像した。実際の工程は不明ながら、築の頭の中では、石こうのように白い指の型に細いヘラでしわや指紋を刻み、ああでもないこうでもないと色を塗り重ねていく。細心の注意、繊細な手つき——ちっとも似合わない。

「何で笑ってんの」

新が尋ねた。築は、笑っているつもりなんてなかったのでちょっと言葉に窮したが、「耳のこと思い出して」と答えた。

「耳を褒めるなんて気持ち悪いやつだなと思ったけど、ちゃんと理由があったんだなって」

「うん。そういうかたちの耳、つくってみたい」

「自分ので間に合ってる」

「うん」

そうだ、作りたくて作るっていう仕事じゃないんだな。窓辺に歩み寄っておびただしい色のマトリックスを見上げる。ポケットからこぼれ落ちた指もここから作られた。あれも誰かの一部。

「いつもあんなの持ち歩いてんの？」

「ううん。基本的に工房からは持ち出さない。うっかり落としたりしたら大騒ぎになりかねないから。きょうは築が見つけてくれてよかった」

　ほとんど完成に近づいているのだけれど、今いち納得がいかず、こっそりと持ち歩いているのだという。

「ほら、マンション借りる時だってさ、色んな天気、色んな時間帯に来てみないと分かんないって言うじゃん。あんな感じ」

「愛着があるんだね」

「そりゃあるよ。何ヵ月もかけて作るんだから」

「そっか」

　そっと紙に、指先で触れてみる。独特の照りというか光沢があって、一般の絵の具とはすこし違う。

「絶対にアートにはなりえないんだね」

「え？」

「そんなに手間ひまかける最大の目的は『絶対に造り物と悟られないこと』だろ。よくできてるって思われたらその時点でアウトなんだから。ましてや努力の跡なんて。僕には全然分かんない世界だけど、重みっていうか、すごみがある。すごい矛盾だ」

　背後でぽこぽこ泡の立つ音がしている。ガスコンロの前で棒立ちになっている新がいる。目を開けたまま眠りに落ち込んだような、放心のていで。やっぱり得体が知れないかも。

「沸騰してんじゃない、それ」

「あ」

声をかけるとたちまち我に返ったようにぱっと火を止めた。

「……夢遊病か何かの気《け》があるんなら、調理はしないほうがいいと思う」

「いや、違う違う」

新は両手をポケットに突っ込んで布の裏からぽこぽこでたらめに動かす。それがどういう感情の反映なのか築には分からない。

「そういうこと言われたの初めてで……考えたことなかったけどそうだなーって思ったら何か、感動しちゃって。お前って頭いいなあ」

「別に」

ほんとうに、「いい台詞」を言ったつもりなんてない。新を喜ばせようなんて意図もなかった。それなのに、照れくさそうにじたばたしているこいつを見ていると、腹のあたりがほのかに温まるのはどうしてなんだろう。

遅い夕食は、コンビーフとじゃがいもの千切りをフライパンで平べったく焼いたのと、落とし卵のみそ汁だった。「野菜も」と出されたのはむいて塩を振っただけのレタス。へんに手が込んでないのが気楽でよかった。新は旺盛《おうせい》に食べ、築にも勧めながら色んなことを話した。同い年で、今の仕事を志したのは中学生の時。母親が骨折して、リハビリの付き添いで病院に通ううち、出入りする義肢装具士と親しくなり、自分でもやってみたくなったのだという。工芸高校の彫刻科を卒業してすぐ、この世界に入った。ということは、院を出た築の倍、働いているわけだ。

「でも全然、まだまだ半人前」と謙遜《けんそん》でなく言う。

「技術が？」

「それもちろんだけど、依頼者に腹割って話してもらうのが仕事みたいなとこあるから。何で義肢が必要なのか、人工のボディでほんとうにその人が前を向く手助けはできるのかとか……面談繰り返して、やっぱりいりませんって結論出す人もいるし。身体のどっかが欠けてるって、やっぱりものすごく深いところの苦しみなんだよな。どんなに話を聞いても俺が理解できてる自信はないけど、全部、思ってること話してもらわなきゃこっちもいいものは作れない」

半ばカウンセラーのような役割も負うわけか、と築は理解した。自分には絶対できそうにない仕事だ。DNAやたんぱく質との間に相互の信頼など生じようもない。望む結果が得られない時は仮定や条件や手法に問題があり、検証とブラッシュアップを重ねていくことで多くは道筋が得られる。

時間や費用と折り合いをつけるのは重要だけど、人の心というあやふやなものと向き合うよりよっぽどストレスは少ないと思う。

「ジレンマだよな。さっき築が言ってたみたいに、どんなにうまく作っても人に意識してもらうためのものじゃないっていうのと同じ。踏み込まなきゃできないんだけど、心の奥をさらしてくれって、ひどい要求だって」

「そういう葛藤《かっとう》を日々繰り返すことによって、他人のうそが見抜けたりするようになるわけ」

初対面の時のことを蒸し返すと新は「悪かったよ」とすねた。

「責めてないよ。うそついたのはほんとだし、そういうものかと思っただけ」

「百パーとは言わないけど、目を見たら分かるっていうの、あれはある程度真実だと思う。ぴんとくるっていうか……コーヒー飲む？」

築はちょっと考えて、飲みたい気分だと判断したので「もらう」と言った。そういえば、ひとつ意外なことがある。

「お酒飲まないの」

「え、欲しかった？　うちアルコールは一切置いてないんだけど」

「いや、僕は下戸《げこ》だから。でも灰谷って飲みそうだから」

「飲みそうって？」

「ほんとにへんなとこで食い下がるな……陽気にビールとか楽しむタイプに見えるって、ただそれだけの無根拠な印象の話だよ」

「ああ……」

その時なぜか、新が安堵したように見えたが、気のせいかもしれない。何しろ築は、人の心の機微にとんと疎いので。

「遺伝子の研究ってことは、」

マグカップをふたつ、ローテーブルに置きながら新が言った。

「iPS細胞とか、そういうの？　あれってヒトの体細胞に遺伝子導入して培養するんだろ？」

「そこまで今をときめく分野じゃないよ。ヒトDNAは専門外だし」

発光する性質を持つ生物からその光のもととなるたんぱく質を取り出し、他の生物のDNAに組み込むというのが築の大まかな研究分野だ。きょう押しつけられた蚕もその一種で、染めなくても自ら光る繭を紡ぐように遺伝子操作されている。

「そうか。ひょっとしたら商売敵なのかもってちょっと思ったから」

「どうして」

「だってiPS細胞から、身体のどんな部分でも再生できるようになるんだろ。シリコンと塗料の造り物じゃなくってさ。ほんとにそんなことができるようになったら、そりゃあめでたいけど、俺の仕事なくなるよなあって」

「十年単位で先だと思う」

「そうなの？」

「夢の技術であることには間違いないけど、どういう疾患に応用できるのか研究してる段階だよ。動物実験やって人間で臨床実験やって実用化……『いつできるようになる？』って訊く段階でもない」

「ふーん……残念なような、ちょっとほっとするような……俺、これしかできないのに失業しちゃうんじゃないかってまじで考える時があるんだよ」

「ヒトのゲノム——ＤＮＡの配列——は二〇〇〇年に解読されたけど、それで日常の暮らしが劇的に変わったりはしてないだろ？　もちろんたくさんの進歩はあったけど、そう簡単に夢みたいな転換点は訪れないよ」

もっとも、ワトソンとクリックがＤＮＡの二重らせん構造を解明してからまだたったの半世紀。その間の生命科学分野の発展を思えば、築の予想よりは早く、そんな日が訪れるのかもしれなかった。失われた肉体を、自前で再生できる未来。

「プロが言うと信憑性《しんぴょうせい》あるなあ」

「素人でも言えるけど」

コーヒーを飲み干して立ち上がった。カーテンのない大きな窓からは築のマンションが見える。もちろんその他の住宅も。よくこれで平然と暮らしてられるな、と改めて呆れた。築も人目を気にはしないが、プライバシーを放棄するのとは意味が違う。

「ごちそうさまでした。おいしかった」

「何だもう帰んの？　俺、もっとしゃべりたい」

「臆面《おくめん》のない三十歳だな……」

「そんなことないだろ」

「用事思い出したから」

「もしかして仕事？　ごめん、引き留めて」

なぜか新まで慌てて腰を上げる。

「いや、桑の葉を仕入れなきゃいけないことを忘れてた」

さっき蚕のことを思い出してよかった。

「桑の葉？　何に使うんだ？」

晩のできごとを話すと「へえ、見たいな蚕」とうらやましそうに言う。

「見て気持ちいいもんじゃないと思うけど」

「そう？　俺平気。子どもの頃カブト虫の幼虫とか育ててたよ。ちっこい瓶に入ったやつ。触ったら弱るよって怒られるのに、どうしても気になって土から掘り出しちゃうんだよなあ。手のひらの上でもぞもぞっと動くのが、眠いのに起こしやがってって感じで、またそれがかわいいんだよな。すげー迷惑だったと思うけど」

　眠りの邪魔をされて不快、ちょっかいを出されて迷惑、そんな感情、昆虫にあるはずないと思う。でも新もそんなことは分かっていて言うのだろう。共感できない自分が偏屈なのだ。

「ちょっと持って帰ってこられない？」

「いっそ差し上げたいぐらいだけど、一応実験動物だから持ち出しはちょっと」

「そっか……」

　目に見えて残念そうだったので、つい「写真ぐらいなら」と言ってしまった。新は「見たい」と頷く。つくづく変わった男だ。

「桑の葉ってどこで手に入れんの」

「それを帰ってから調べる。楽天で売ってないかな」

「売ってても時間かかるだろ。なあ、うちの会社のお客さんちにたぶん、桑の木あるよ。俺、今年桑の実もらったから。葉っぱもらえないか聞いてみるよ」

　煩わしいな、と思った。人に借りを作ると関係が続いてしまう。しかも、新の会社の顧客という更なる赤の他人と見えない糸ができる。それがどんなにか細いつながりだとしても、対人関係のラインを極力狭くしておきたい築にはストレスだった。

　なのに「うん」と頷いてしまった。疲れてんのかな。腹もいっぱいで、判断力が鈍ってるのかな。

「じゃあ手に入ったら連絡する」という新と携帯番号の交換までして。家族と、最低限の仕事仲間としかやり取りしなかったのに。

「まあベランダから呼んでもいいんだけど」

「やめろ絶対やめろ」

「ていうか築、結構お人好《ひとよ》しだな」

「生まれて初めてそんな評価下されたけど、何で」

「普通、押しつけられたら文句言うよ。公平にジャンケンするとかさ。でも結局黙って引き受けたんだろ?」

「言ったって無駄だし」

「不満だって公言しとくのは大事だと思うけど。それに、えさの手配とか考えて、ちゃんと世話するつもりでいるんじゃん。放ったらかしといて、死んじゃいました、埋めました、でもバレなさそうなのに」

「あ、そうか、そうすればいいんだ」

「今さらそんな意地張んなよ」

肩をぽんぽん叩かれて、何だかしてやられたようで悔しかったが、確かに、見殺しにするという選択肢は頭になかった。

「……どうせ二ヵ月程度で寿命だよ」

「うん。だからそれまで、うまい葉っぱたくさん食わせてやろうな」

またもや食おう、という声に返事もせず新の部屋を出た。徒歩三十秒でもう自分の家、改めてこの距離は異常だ。電気をつけ、閉め切ったカーテンの前に立つ。たった十メートル足らず向こうの窓辺に新が立っているさまをありありと思い描けた。きっとこの布を開け放ったら、笑って手を振る。遠くからきた相手を出迎えるみたいに、遠くへ行く人を見送るみたいに。深い意味のない仕草なんだろうけど、そのどちらなのかと訊いたら、新は何と答えるのだろうか。想像だけで、結局築はカーテンを閉めたままその夜を終えた。

翌日の昼休み、さっそくメールがあった。『桑の葉を分けてもらえることになったから、きょうの晩取りに来るか俺が行くかどっちがいい?』と。早いのにびっくりした。当たり前に深夜まで働いているようだし、決してひまな仕事でもないだろうに。どっちがお人好しなんだか、と半ば呆れながら返信する。『取りに行きます』。

ありがとうとかごめんは敢《あ》えて省いた。自分が文面に取り入れるとたちまちうさんくさくなる気がして。ふだん業務連絡か必要最低限の情報しか入力しないからそう思うのかもしれなかった。

『きのうと同じぐらいに帰れると思うけど、俺がいたら来て』

ご近所ならではの大雑把な指示が来た。これに「了解」と打つべきかすこし迷っていらないよなとそのままにした。部屋の片隅からひっきりなしにぱりぱりという音が聞こえてくる。蚕が食事中だ。一心不乱に、えさの中に頭を突っ込んで葉をかじる。早く手に入ってよかった。飼育ケースをむしばみかねない勢いがある。貪欲《どんよく》さが不気味な反面、本来、食べるってこういう行為なんだろうな、と目の覚めるような気持ちにもなる。やっぱり繁は、これらをみすみす死なせることはできない。繁殖もさせてやらないのなら種としての使命は果たせず、つまるところ無為な死という結末は変わらなくても。

あわれなんじゃない。人間ごときにあわれまれる筋合いなんてどこにもないだろう。メールを知らないからメールの文面に悩むこともない虫たち。いちばんふさわしい感情を選ぶなら敬意かもしれない、と思う。ただ生きるために生きる、正しい在《あ》り方の生き物へ、余分な知恵をつけすぎてそのレールから大きく外れた生き物から。「かわいそう」よりこっけいなのかもしれないけれど。

新に話したら、笑いはしないだろうという気がした。新らしい率直な感心を示すだろうか。そういえば今朝は会わなかったな、とぼんやり思う。プラスチックの表面を指先でこつこつ叩いてみる。蚕たちは繁に一べつもくれず、ただ自らの食欲を満たすのに夢中だ。

新の家に、何か手土産を持って行ったほうがいいのかと考えたが品物の見当もつかなかったし、仕事帰りに開いている店もなかったので結局手ぶらでチャイムを鳴らした。

「見てこれ」

コンビニのビニール袋に詰まった緑をかさかさ言わせながら、得意満面で現れる。

「上がれよ」

玄関先で受け取って帰る心積もりだったのに新は袋を手にしたまま室内へ戻っていく。

「どうせまた何も食べてないんだろ？　俺もこれからだから」

他人のペースに合わせるのも、他人に自分の予定を決められるのもうっとおしいはずの築は、けれどきょうもすんなりと上がり込んでしまった。新は冷蔵庫からバゲットを取り出すと包丁でざくざく切り込みを入れ、ハムとチーズをぽいぽい挟んでオーブントースターに突っ込んだ。付け合わせは塩もみしたきゅうり。メインと全然合ってない。緑のものを摂《と》るのにぞんざいながら努力をしているのが何だかおかしかった。

「きょうさ、手紙もらっちゃって」

軽く焦げた表面にばりばりかじりつきながら新が言った。

「誰に」

「……こないだの、女子高生」

共通の心当たりは一件しかない。

「裁判になりそうだから協力してくれって？」

「じゃなくて、あん時は、電車降りてすぐ、俺のほかにも何人か『いい加減にしろよ』って
おっさんのこと締めてくれたんだよ。そんで向こうはささーって逃げちゃって。追いかけて
つかまえてもよかったんだけど、女の子がほんともう、いっぱいいっぱいって感じだったか
ら」
「正義感を持て余して僕をつかまえたんだね」
「ごめんって……あれ以来、見てなかったんだけど、今朝駅で待たれてて……」
手厚いお礼の言葉とともに、連絡先を記したメモを渡されたという経緯らしい。
「よかったらメールくださいって書いてあったんだけど、メールすることなんてないしさ
ー」
新の口調はのろけでも自慢でもなく、ぼやきめいていた。
「シカトしてたら悪い人みたいだし、でもはっきり告られたわけでもないのに、そういう気
はないってけん制するのもおかしくない？　自意識過剰なおっさんとか思われても恥ずかし
いじゃん。なあ、どうしたらいいと思う？」
おいおい。すこし動揺してしまって、ずれてもいない眼鏡をかけ直す。
「……それは、僕に相談をしてるの？」
「うん」
「おかしいだろ」

「何で」

新はどうやら本心から困惑しているようで。皿の上のパンくずを指先で寄せ集めたり散らかしたりを繰り返す。

「何で異性に関する質問をよりによって僕にするんだよ」

「お前、冷静だし頭いいし、いい答えがもらえるかなって」

「完全に人選ミスだから」

「そう？」

「だって僕、女の人とつき合ったことないし。会社でも事務連絡以外の会話はしないし、口きくのって家族かコンビニのバイトぐらいだよ」

「あ、そうなんだ」

引くかあわれむか謝るかだろうと思っていたのに、新の反応は至ってストレートだった。

「女嫌いなの？」

「そんな大雑把なくくりされても……好きでも嫌いでもないけど、興味ないっていうか、向こうもそうだし」

「えー」

一足先にサンドイッチを食べ終えた新が、肘をついて築をじっと見る。食事しづらい。

「面白いのに」

「面白くないし、かっこよくもない暗くてださい男に目をつける物好きはいない」

痴漢から助けたのが築だったら、絶対に手紙なんてもらわなかったはずだ。それは別にいい。しかしもらえる立場の人間から無神経にあれこれ言われるのはさすがにかちんとくる。

「俺、築に惚《ほ》れる子がいたら感心するけどな。いいセンスしてんなって思う。いちゃいちゃしたいとか甘やかされたいとかいう願望が強い子は無理だろうけど。築が知らないだけで、いいなって思われてたことだってあったんじゃないか」

「そんな一生懸命フォローしてくんなくていいから」

「違うって！　あーも、何で分かんないかな？」

女子に好かれた記憶。ないでもないが、あまりに昔すぎるのと、甘酸っぱい思い出なんかじゃないのでますます不愉快が募《つの》った。

「なあ、で俺はどうすればいいと思う？」

「しつっこいな……嫌いじゃないんならメールすれば？　それでお互い気が合えばつき合ったっていいだろうし」

適当に平凡なアドバイスを投げる。悪漢の手から救ってくれた王子様なんて、なれそめとしては申し分ないし。

「無理だよそんなの」

新はがりがり耳の後ろをかく。

「女子高生とか……俺ロリコンじゃねーもん」

「何で、ありじゃないの？　既成事実は卒業まで待てば」

あの子。顔もろくすっぽ覚えてないけど、新と並んで歩いて不自然ってことはないだろうし。

「えー、無理無理。全然そういう気になんないし……」

それに、と確かに新は言った。けれど言葉は続かず、まったく違う話題が飛び出してきた。

「こないださ、テレビで見たんだけど」

「何を」

「ある夫婦の子どもが、骨髄移植しないと治らない病気だったんだって。でも両親も親せきも、骨髄の、型っていうの？　それが合わなくて、もうひとり子ども作ったんだって。人工授精で、あらかじめ骨髄の型が適合する受精卵を選んで、ドナーになれるように」

「ああ、着床前遺伝子診断」

「それって普通のことなのか？　俺はやっぱちょっと引くっていうか、うええって思ったけど」

「でも助からない難病なんでしょ？　人としての倫理と親の情とどっちが優先されるべきかなんて答えは出ないしね。アメリカの話？」

「うん」

「あっち、規制が緩いから色々問題になってるみたい。『デザイナーズ・ベイビー』って言うんだけど、性別とか髪の色とか選んだり、BRCA1の変異まで調べたりね」

「BRCA1って？」

「がん抑制遺伝子、のひとつ。変異があると成人女性に乳がんの危険性が高まるだけ……だけっていうのはおかしいかもしれないけど、必ず発がんするって決まったわけでもないし、そんなこと言い出したらきりがないと思うんだけどね。完全無欠のゲノムなんて存在しない」

新はじっと何かを考え込んでいた。眼差しは築の上にあっても、違うものを見ているのは確かだった。築には知る由もない。ラブレターの話をしていたはずなのに、どうして急に飛躍したんだろう。率直に訊いてみる。

「誰か孕《はら》ませてんの？」

「はあ？」

ひどく驚き、そしてようやく築の存在を思い出したようにぱちぱちまばたいた。

「何だよ唐突に」

「そっちが先に振ってきたんだろ。リスクのある妊娠でもさせたのかと思って。ちなみに日本は着床前診断には相当厳しいから」

「そんなんじゃねーよ。……ただ、遺伝子ってすげーんだなって」

「うん」

たった四つの塩基が対になり、二重らせんの中で三十億のペアをつくっている。それがヒトという生き物を構成する言語だ。どうして進化論と創世論は対立するのだろう？　こんな仕組みが、天文学的な偶然の積み重なりによって添削を繰り返しながら今に至ったと考えるより、進化の枠組みから全部引っくるめて、とてつもなく頭のいい誰かが設計図を描いたことにしてもよさそうなものだ。神様がいようがいまいが築の人生には関わりがないのでそう思う。

「遺伝子でどこまで分かる？　ほら、血液型占いってばかばかしいと思うけど……」

「性格なら環境的な要因の比重がはるかに大きい。病気なら、身内にがんや心臓病の既往歴があればリスクが高いのは当たり前。ただ生活習慣の影響もあるし、メジャーな病気は大概いくつもの遺伝子が絡んでる。これが多遺伝子性《ポリジェニック》。もっとダイレクトに単一の遺伝子異変で引き起こされるのが分かってて、原因の遺伝子まで突き止められてる疾病もあるよ」

「ふーん」

新は片膝を立て、腰の後ろに両手をつく。いかにもリラックスした姿勢だけれど、天井の一点に固定された目が静かに光っていて、頭が活発に動いていると知れた。茶色や灰色のニュアンスがない、真っ黒な瞳をしているのにその時気づいた。東洋人でも珍しい濃さじゃないだろうか。黒すぎて、逆に見えていないんじゃないかとさえ思えるほど。新の手は、必要とあらばきっとこんな眼球だって作るに違いない。

肩越しにダークブラウンの書棚。義肢、人工ボディというストレートなタイトルの背表紙。それから、参考になるのだろうか、特殊メイクに関する本、大判の、骨格や筋肉に関する図解、ダ・ヴィンチの素描まで。

逆に言えば仕事と無縁の蔵書はなさそうだった。くそまじめだなとそれらを眺めながら新の心が着地するのをじっと待っていた。眠くなったら帰るつもりだった。

睡魔に見舞われる前に新は戻ってきた。

「ごめん、ちょっと自分の世界入っちゃった」

「うん知ってる」

あっさり答えると、ふしぎそうに築を見る。

「声かけたり腹立てたりしないのか？」

「腹は立たないよ。帰りたくなったら帰るし、むしろしゃべらないですむと思うほうが気楽」

そもそも自分が構われるべきだ、という前提に立つからむかつくのだ。

「……何か俺、築といるとすげー楽だ」

「僕はそうでもないけど」

「そんなこと言うなよ」

新は唇を尖《とが》らせて抗議する。築はあれ、と思った。築だって楽なのだ、たぶん。マイペースに押し切られるのも、目の前で心ここに在らずに陥られるのも。こっちも好きに振る舞っていい、という担保のようなものが、なぜか新との間にはある。だから今の発言は「僕もで正しいのに、なぜ心にもない否定をしたんだろう？　しかしそれについてじっくり考える暇もなく、新が「もいっこ訊いていい？」と言う。

「なに」

「さっき、性格は環境だって言ったじゃん。でも性格とも言い切れない、微妙な属性ってあると思う」

「たとえば？」

「……人を殺しても平気とか、アルコール依存症とか、性的に歪《ゆが》んでるとかさ」

「意外に過激な想像をするんだね」

「いや、遺伝子で決まってるって思ってないよ。可能性があるかなって疑問になっちゃって」

「アルコールで言うなら、依存症のリスクに関する遺伝子はあるよ。ていうより、酒を楽しめるか楽しめないかの違いかな。飲まなくても、パッチテストぐらいどこかでやったことない？」

「アルコール染み込ませた脱脂綿を十分ぐらい貼っとくやつ？」

「そう。アルコールは体内で一度アセトアルデヒドに変わって、それから酢酸になる。その時、アルコール脱水素酵素とアルデヒド脱水素酵素っていうふたつの酵素が作用する。問題は、アセトアルデヒドには吐き気なんかを誘う毒性があるんだよね」

「いわゆる悪酔いってやつか」

「そう。アルコール脱水素酵素がよく働くとあっという間に回って、アルデヒド脱水素が鈍いとなかなか分解されずに苦しむってことになる。アジアじゃこのタイプが多いみたいだね。ちなみにパッチテスト、どうだった？」

「全然赤くならなかった」

「じゃあ当てはまらないね。酵素をつくるのは遺伝子だから、灰谷の家系の誰かから酒に強い遺伝子を受け継いでるってこと」

「でもアルコールへの耐性と、アルコール依存症になるかどうかはイコールじゃないだろ？」

「ある程度の相関はあったとしてもね。でもそれが結論だと思う。知能、犯罪傾向、性的指向、それぞれに関係する遺伝子はたくさんあって、各々が複雑に影響し合いながら人格が形成されていくんだよ。それぞれのバリアントを取り出してみても推理小説の犯人みたいなものが見つかるわけじゃない」

「バリアントって何」

「ああ……えーと、細胞分裂のたびにゲノムは自己複製を繰り返すんだけど、コピーミスでDNAの塩基配列が違っちゃうことがあるわけ。病気とかにつながる、まずいミスがミューテーションで、どっちにも転ぶか、関係ないものがバリアント」

「勉強になるなー」

「女子高生にメールで教えてあげれば」

「いいよもうその話は……」

新はほんとうに困っているようだった。自分を棚に上げて言うなら若くてかわいい女に好意を示されて嬉しくない男は珍しいし、容姿に恵まれているなら尚更《なおさら》それを甘受するのに慣れているはずだと思うのだけれど。

この娯楽のなさそうな暮らしぶりだと、高校を出てから遊ぶ間もなく製作に没頭してきたのかもしれない。技術以上に、どこか求道的な心構えのいりそうな職業だし。

「僕より灰谷のほうがよっぽど変わってる」

「光栄だけどちょっと不安」

「そんなに遺伝子検査に興味あるんだったら自分でしてみれば？」

「え？」

「お金は多少かかるけど民間の会社でできるよ」

「DNA鑑定とかじゃなくて？」

「うん。拍子抜けすると思うけど、面白いといえば面白いかもね」

「お前やったことあんの？」

及び腰だけど興味津々、という顔つきだった。

「あるよ。結果見せようか」

「え、いやでもそんな、プライバシーじゃん」

「DNAに夢を見すぎだって。健康診断とさして変わらないし、どこで公表されたって痛くもかゆくもない」

「……うん。じゃあ、見てみたい、かも」

簗は桑の葉の入った袋を持って立ち上がる。

「そのうち」

「え、今からお前んちで見せてくれるんじゃないの？」

「やだよ」

しゃべりすぎて疲れたからもうひとりになりたい、とはっきり言うと「ストレートだなー」と苦笑する。

「うん、じゃあ今度見せてよ」

自分の部屋に帰ってから、葉っぱの礼を言ってなかったのに気づいた。気持ちを伝えたいとかいうより、し忘れたことがある、という状態が気持ち悪いのでカーテンを開ける。皿を片づけていた新が気づき、窓辺に立った。袋を持ち上げ、口の動きだけで「ありがとう」と言ってみる。新は軽く眉根を寄せて人差し指を立てた。もう一回、のサイン。築は声にならない「ありがと」をゆっくりと繰り返す。新の顔がぱっと明るくなった。何度も頷いて、大きく手を振る。

それを見ながら築は、「そのうち」なんてらしくもない曖昧な約束をした自分に気づいた。社交辞令めいた言葉を取り交わすのは嫌いだったのに。でも近所だからな、と思い直す。ばったり会うか、新がやってくるかして、遠からず果たされる可能性が高いからゆるい表現を使ったんだろう、と結論づけてカーテンを閉めた。

ところが翌日から蚕は箱の中でぴくりとも動かなくなった。三頭が三頭ともだったので、見た時は、まずい飼育をしてしまったのかと一瞬驚いたが、すぐに眠っているだけだと思い当たった。脱皮の前段階の「眠」に入ったのだ。このまま二十四時間経つと最初の脱皮をして二齢に入り、五齢の後、繭を作って成虫になる。そこまでがおおよそ一ヵ月ぐらい、だったような気がする。死んだように眠る、とよく言うけどこいつらの場合ほんとうに見分けがつかないので、眠から覚めない恐れもあるにはあったが、翌日にはせっせと餌を食べていた。

葉陰に、成長の残がいの薄皮が散らばっている。きのうまでより胴回りがすこしみっしりしたような気がした。桑が無駄にならなくてよかった、と軽く安堵してから、おかしなことを考えるものだと思った。

ただでもらってきた葉なんかどうでもいいのに。何でだろう？　ささやかな疑問は、しゃりしゃりという音に紛れてすぐに忘れてしまう。食っちゃ寝のライフサイクル。人間の赤ん坊だって似たようなものだけれど、蚕は野生においてもそうなのだろうか。

蚕の祖先は、「クワコ」という昆虫だったらしい。蚕は五千年も前に中国で「作られた」家畜だ。クワコは飛べるが蚕は飛べない。クワコは枝に擬態して鳥の目を欺くことができるが蚕にその能力はない。クワコの弱い個体を選び、かけ合わせていくことによって蚕は生まれた。枝を這う力も、羽で空気をかく力もない、繭だけが目的の生き物として。人間のために。それほど昔の人間が、「交配」という概念をすでに知っていたことが築にとっては驚きだった。自分たちが繁殖していく中で身につけた本能のような知恵だったのだろうか。

人間で同じことをするとしたら、たぶん自分は歓迎されない部類の個体だろうなと思う。持病は今のところないが、協調性と繁殖意欲に欠け運動神経も悪い。そうだ、視力も低いし。

深夜残業の小休止のつもりで飼育箱を眺めていたのにつらつら余計なことを考えてしまった。腹が鳴る、という本能の訴えで現実に引き戻され、築は欲求に素直に従うため近くのコンビニへ行った。惣菜パンの棚が目に入ると、この前新の家で食べたバゲットが思い出された。

しまった。空腹の時にピンポイントで連想してしまうと、頭も口もそれしか考えられなくなるのに。あれが食べたい。顎がだるくなるほど固くて、でも噛み締めれば噛み締めるだけ濃い味のにじんでくるバゲット。焼くといい匂いのしたバゲット。しょっぱいハムと、てりてりとろけて糸を引いたうす黄色のチーズ。食べたい。ここで売っていれば二千円までなら出してもいいと思うほど。でも手に入るわけがないので、店内にあるいちばん近そうな代替品、ハムサンドを買い求めた。

戻ると、研究員室の入り口でなぜか初鹿野が立ち尽くしていた。

「まだいたんだ」と声をかけると「わっ」と言って振り返る。驚かせてしまった。すんなり整ったバランスのいい顔立ちは、不意打ちにもみっともなく歪むということがない。造作の面では優良な遺伝子、とつい太鼓判を押したくなる。現代の感覚で、という注釈はつくが。

どうやら、居候の食事の音に気づいて訝《いぶか》しんでいたらしい。キャビネットから飼育ケースを披露してやると「げ」と顔をしかめる。そつのない同僚も、虫にまで優しくはできないみたいだった。

「眠気が覚めた」と早々に退散してしまう。休憩にきたんだろうに、悪いことをしてしまった。でもこんな無害で無力な生き物、取って食われるわけでなし、とサンドイッチを食べながら思った。蚕の旺盛な食欲を目の前にすると、ついつい鳩にえさをやるようにパンのかけらでも放り込みたくなるが、残念ながら彼らはひどい偏食だ。柿やキャベツを食べる蚕もいると聞いたので試しに与えてみたが、見向きもしなかった。広食性を受け継いでいない連中なのだろう。最後の一口を食べ終えると、ポケットの中で携帯が身ぶるいした。メールだった。新からの。

「最近会わないけど元気にしてるか？」という内容で、本題のないメールを初めてもらった築は、もの珍しくて何度も読み返した。最近といっても数日の話なのに。他愛のないアプローチをされるというふしぎ。「元気」と打ち込む。質問への返答は果たせているが二文字って送る甲斐《かい》がない。近況をつけ足してみた。

「蚕と一緒にご飯食べてた」。これでメールらしくなったな、と達成感を覚え、送信ボタンを押した。その往復ですっかり完結した気持ちになっていたものだから、すぐに同じ相手から着信があった時は出ようか出まいか、一瞬ちゅうちょした。

「はい」

『何で蚕とめし食ってんの！』

笑い含みの声。そうか、電話越しだとこんなトーンなんだ。

「残業してるから」

『大変だなー、てか今かけて大丈夫だった？』

「うん」

『何食ってた？』

「桑」

『蚕じゃなくてお前だよ』

「ハムサンド」

灰谷のこと思い出したから、と話すと「え、うそ、何か照れるな」とほんとうに恥ずかしそうに言った。

「何で？」

『何でって……いいじゃん、照れても』

悪いとは言っていない。含羞に至る心の動きが不可解だっただけだ。でも理論的に説明できるようなものでもないんだろうな、というのは分かるので突っ込まなかった。

「あのバゲットが食べたくなって、でも売ってなかったからせめてハムサンドにしたんだ」

『俺ならたぶん手巻き寿司とか買っちゃうな』

「何で」

『似てるけど違うもんってますます悲しいつーか、悔しくない？　だったらいっそ全然別のチョイスしたくなる』

「なるほど」

『ほら、彼女と別れたら正反対のタイプ好きになるやつと、前の子とかぶってんなーってタイプ好きになるやつがいるだろ』

「他人とそういう話しないから分かんないな」

新は「ごめん」と謝ったりはせずに「蚕、まだ食ってる？」と話を換えた。

「うん。……聞いてみる？」

携帯をしばらく、飼育箱の中にかざしてみる。退化した口が、それでも無心に——心が無いのは当たり前か——摂食する音が届いただろうか。

「どう？」

『すげえ、いい音してる』

「うん。脱皮したばっかりだから、空腹なのかもしれない」

『何かちょっと、眠くなるような感じすんな。うちん中で雨の音聞いてる時みたい』

「そうかな」

『うん』

言った側《そば》から、新の声はとろりとゆるんだように感じられた。

『築はきょうは、帰ってこねーの？』

「電車ないしね」

『ふーん。何か寂しいな、お前んちの明かりが消えたままだと』

さりげない口調に紛らわせた、何か切実な感情が隠れているような気がした。でも顔の見えない通話では確信が持てないし、「何かあったの」とか水を向けるほどの間柄でもないと思った。きっと錯覚だ。

『これからも忙しいの？』

「そうでもないけど、ひとりで作業するのが好きだから。皆が帰るまでだらだらしてたりして」

『ああ、分かるよ。俺も集中したい時とかそうだから』

新はそれから黙り込んだ。また、ひとりで思索に耽《ふけ》っているのだろうか。会話の順番から言えば築が話題を提供するべきだろうか？　でも特に何も思いつかなかった。つまらない人間なんだな、と改めて自覚する。こういう時って勝手に切っていいのかな。逡巡が伝わったみたいに新は「そろそろ寝る」と唐突に言った。

「どうぞ」

『おやすみ――あのさ、築』

「何？」

『今度、急がないから、築が忙しくない時に会おう』

前に交わした約束はまだ有効らしい。沈黙は、これを切り出すための助走だったんだろうか。ためらった末に二度目を申し出る、ということは新はほんとうにそうしたいのだろう。

「んー……じゃあ再来週の金曜日でいい？」

相手の気持ちを汲《く》んで先回りしてやる、という芸当が自分にもできるという事実にちょっと驚いていた。

『うん。俺も大丈夫だと思う。またメールするよ』

新の声はあからさまにほっとしていた。

大丈夫かな。DNAの鑑定結果なんて、そんなにすごいことは書いてないんだけど。

携帯を離すと、耳がすこし熱っぽく痛んだ。いつの間にか、押しつけるようにしてしゃべっていたらしい。そんなに密着させなくても十分聞こえるのに、変なの。誰の声もしなくなった部屋にはさっきより一層、しゃりしゃりという音が響いた。目を閉じて箱を抱え込むように丸くなると、確かに雨音に、似ていなくもなかった。その音は粒のまま ころころと落ちて、溜まっていく。簗の耳から頭の中へ。丸い音のしずくの上で、新の「寂しい」という言葉が跳ねる。でかい図体《ずうたい》して、何言ってんだか。唇の端が自然と上がる。簗はそのまま、うとうとと眠りに落ちていた。


「何だこれ」

A4用紙の束をにらんで、新は言った。

「だから、結果だよ。遺伝子検査の」

あんなに見たがってたくせに、と言うと新は「聞いてねーよ！」と反論した。

「英語とか！」

「当たり前だよ、アメリカのサービスなんだから」

五万円程度でゲノム情報を提供してくれるのが売りの企業で、本来は米国内での送付に限られている調査を、社長のつてでやってもらえると言われたので去年申し込んだ。初鹿野は「知らないところで丸裸にされてるみたいで気持ち悪い」と言って試みなかったが、それは過大評価というものだと思う。築の感覚ではたとえば女の子が占いに行くぐらいの興味で、結果もそれなり。

さっぱり分からん、という新に説明する。

「Human Hap555D と BeadChip を使って、六十万ぐらいのSNP《スニップ》を解析してくれるよ。SNPっていうのはシングルヌクレオチドポリモルフィズム、一塩基多型のことで、DNAの塩基配列がひとつだけ違っている状態を指すんだけど、ヒトの三十億個の塩基中、一〇〇〇から二〇〇〇に一個の割合でSNPが存在して――」

「待て待て待て」

「なに」

「お前、わざとやってるだろ？」

「何が」

「ややこしい」

「高校生物で理解できる程度の話なんだけどな。あ、Human Hap っていうのは」

「いい、先にめし食おう。トマトから水が出る」

親切にというのかちゃっかりというのか、新はいくつかのタッパーウェアを持ち込んでいた。

「バゲット持ってこようと思ってたんだけど、いつも行くパン屋で売り切れてさ」

輪切りのトマトとかりかりに焼いたこま切れのベーコンを和えて黒こしょうをふったものと、ツナ缶と帆立缶で炊き込んだおにぎり。なすの梅煮。どれもまだ温かかった。

「DNAを調べてもらう人って、みんなそんな知識を持ったうえでやるもんなのか?」

「さあ、そうでもないんじゃない? アメリカじゃルーツ探しとか流行ったって聞いたことあるけど。地球上のどのへんの血が入ってるのかとか。移民の国だからかな」

ちなみに築の分析結果は東アジア系九三%、インド・ヨーロッパ系七%、アメリカ先住民系、アフリカ系はともにゼロ。何ら意外性はない。

「要は個々のSNPの差が体質の違いってことにつながるんだ。なりやすい病気とか効きにくい薬ね。それを基に、どういう点で生活に気をつけるべきとか教えてくれる」

紙を床に広げる。築の部屋にはパソコンデスクだけでテーブルがない。ものを食べる時はキッチンで立ったまま済ませる。片づけの観点で合理的だからだ。

「汚れたらまずいんじゃねーの」

「ｗｅｂの結果をプリントアウトしただけだよ」

心筋梗塞、前立腺ガン、アルツハイマー、糖尿病。疾病別のページでは（あくまでも遺伝的な）発現リスクが示されている。それによると築は、II型糖尿病にかかる可能性が三〇％あるらしい。さらには、マイナーな劣性遺伝病の保因者であることも明らかになった。配偶者も同じ劣性だった場合、生まれてくる子どもに影響が出るかもしれないということだ。

「こえーな、何か」

新がつぶやいた。

「悪い予言されてるみたい」

「誰だっていつかは死ぬし」

それが病気かどうかは分からないし、病気だったとしてＤＮＡがもたらしたものかも分からない。

「おみくじみたいなものだと思うよ。転居が吉って言われたから引っ越すのも、がんになりやすいって言われたから赤ワイン飲んでポリフェノール摂るのも、大差ない。こんなことまで分かるっていうのも本当、こんなことぐらいしか分からないっていうのも本当」

「そっか」

思うところあるのか、それとも拍子抜けしているのか、フローリングに散乱する用紙を見て口をつぐむ。しょっちゅう黙るのは、きっとくせなのだろう。案外色々と考え込むタイプなのかも、と思った。でもその没頭の深度がさほどでもないのが目を見ると分かったから、声を掛けた。

「納得した？」

「納得つーか、あーなるほどなーって感じ。知らない世界の扉が開けた」

「やってみたくなった？」

「どうかなー」

曖昧に濁すと、「蚕、元気？」と尋ねる。

「元気かどうかは分かんないけど、日々生きてはいる」

「写メある？　見せて」

「物好きだな」

見られて困る情報もないから携帯ごと手渡す。

「わ、写真いっぱい入ってる。毎日撮ってんの？」

「観察記録代わりに。あと証拠ね。ネグレクトの疑いがかからないように」

「築のほうが物好きだよ」

「こんなの育てる機会なんてもうないだろうから」

気持ち悪がるようすもなく順々に写真を送っていきながら、「お前、結婚して子どもができても面白い子育てしそう」と言った。

「そんな日はこないと思うけど、何で」

「客観的で、バランスいいんだか悪いんだか分かんない感じのさ」

フォルダを閉じて「何でこないと思うの？」と訊き返す。

「意欲も関心もきっかけもないから」

「この先もそうだとは限らない」

「じゃあ灰谷は？」

「俺はしたいよ」

思いがけず、断定された。そのうちとか機会があればとか、のらくらした返答を予想していたのに。だって若い女に好かれても困惑しか見せなかったから。

「俺はめちゃめちゃ、家庭つくりたい」

「へえ」

ことさら淡々と築は返した。ふと、新との間に壁を感じたのだ。人なつっこく寄ってきたのは、築が「普通」とすこしずれているから、そのギャップを面白がったにすぎない。共感できなくて当たり前。そんなのは分かっていたはずだし、他人と価値観を共有したいとも思わない。じゃあどうして、今、一瞬、さっと気持ちが冷えたんだろう？　迷いを悟られたくなくて続けた。

「意欲も関心もあるのに実現しないってことはきっかけが問題？」

「問題なんて色々あるよ」

そうだろうか。顔立ちが整っていて背が高くて、仕事もちゃんとしているふうだし、ある程度の料理だってまめにやってる。こういう男に選ばれたら、女は嬉しいんじゃないのか。

まあ上位クラスには上位クラスにしか分からない悩みや競争があるんだろう、と安直に結論づけた。仕事じゃない案件を真剣に吟味したって始まらない。

「ところでさ、桑の葉ってまだ足りてる？」

新が尋ねた。

「今のところは」

「そのうち足りなくなるかも？」

「可能性はある。ていうか、桑の葉、すぐ水分が出てしなびちゃうから、鮮度が問題かな」

何しろよく食べる。明らかに自らの目方以上を摂取しているだろう。このまま育つのに比例して食欲も増すのかもしれない。

「築、あしたって暇？」

質問があっちこっちに飛ぶ。

「何で」

「暇だったらちょっと、誘いたいとこがあって」

誘いたい？　自分を？　夜の小一時間を紛らわすんじゃなくて、休日にわざわざ？　何を考えてんだろうか、この男は。

「会社のない日はいつだって暇だよ」

築は答えた。

「でも、暇イコール誘いに応じるってわけでもないから、用件をはっきり言ってほしい」

「や、桑の葉一緒にもらいに行かないかって」

どうしてそれを、わざわざ連れ立ってしようと思うのかが謎だった。

「前言っただろ、分けてくれる家があるって。そこんちの人に築の話したら、面白い人って言うから」

「珍獣をお目にかけましょうって？」

「そんなふうには言ってないよ」

「行かない」

きっぱりと拒絶した。新の人間関係に組み込まれるのはごめんだ。しかも「面白い人」なんて妙なバイアスがかかった状態で。

「行こうよ。楽しいよ」

「それは灰谷の主観だ」

「難しいこと言ってないで行こうよ。そもそもお前んとこの蚕のえさだし」

微妙に痛いところを突かれた。

「じゃあ一万円払うから行ってきて」

新にとって必然性が生じる行為でないのなら報酬を支払う。築にとっては理論的な提案だったが、「そういう冗談はよくない」と割と本気で怒られてしまった。

「冗談じゃないよ」

「余計悪い」

「何で怒るの？」

「何で怒るのか分かんないのか？」

「うん」

値段が不当に高かったり安かったりしたのだろうか。新にお使いをさせる適正価格が分からないのでキリのいい金額を挙げてみただけなのだが。

「バカ」と新は言った。

「お前って賢いのにちょいちょいバカ」

「構う灰谷も大概だ。そんなに他に友達がいないの？」

「他に友達がいないからお前を誘うと思ってんの？」

「うん」

「俺がいつ、簗をそんなふうに、残り物みたいに扱ったよ」

そう問い詰められると、何も言えない。一貫して新は、あつかましいけど親切で、「目立たない素材もいじってやる俺」という見下した自意識もなかった。だから簗だって、自宅に上げる、という普段なら考えられない許容をしている。言い返せない。口ならばいくらでも回るはずなのに、相手を封じ込める言葉が出てこなかった。もどかしい。悔しい。頭がふつふつと沸いて、さらにその中を棒でぐるぐるかき混ぜられているみたいで、軽いめまいまでした。

傍目《はため》にはいつもの石のような無表情だったと思う。でも新はひそかな混乱を見透かしたようにふっと苦笑してタッパーを片づけ始めた。

「遅くにごめんな。そろそろ帰る」

手早く身じまいして立ち上がると、座り込んだままの簗の頭にぽんと手を置き「あした一時に迎えにくるから」

「……は？」

冗談だろ、このやり取りの後で。簗が顔を上げると「なっ」と笑顔で念押しした。どうなってるんだろう、こいつの思考回路。

「勝手に決めないでくれる？」

抵抗には取り合わず、「カーテン開けてて」と言った。

「俺が帰ったら」

「何で」

どうも自分は、新といると「何で」ばかり使っているような気がする。

「家帰った時、築の部屋のカーテン開いてたら嬉しいから。あ、いる、って。お前いっつも締め切ってんじゃん」

「普通だよ。夜は特に」

「お互いにモールス信号使えたら、交信できんのにな。『崖の上のポニョ』みたいに」

習おうか、と真顔で言われたので絶対やだと断ると「冗談に決まってるだろ」と大笑いされた。決まってるかどうかなんて、分かるわけないじゃないか。人づき合いと無縁だったのだから。

新が出て行く。鍵を閉めてから、窓辺に立ってカーテンを、自分の身体の幅だけ開いてみる。じっと立っていると、向かいの窓に明かりがついた。スイッチに手をかけている新の姿までが一瞬で浮かび上がる。その無防備さに改めて息を呑《の》んでしまった。何でこれが平気なんだろう。新はすぐに築を認め、手を振った。いつもみたいに——いつもって、何回目からだろう？　築の心がふっと立ち止まる。どれくらいから「いつも」にカウントされるんだろう。一般的にはどれくらい？　マジョリティと歩調を合わせようなんて、考えもしなかったのに、今、生まれて初めて、「みんな」をよすがにしたような気がする。

新が現れて、調子を狂わされているせいだ、と突然腹立たしくなって――そんな慌ただしい情緒の変化も、常にはない異変だった――カーテンをぴしゃっと合わせた。端っこを握られて、無地の布にしわが走る。その陰影を意味なくじっと見つめてから、再びそろりと細く開いてみた。もう新はキッチンで洗い物をしていた。手元までは見えないけれど、ちょこまかと作業をしているのが分かる。遠くから見るそれは、新じゃない、全然知らない男のようにも映る。

こっちを意識しない新、をずっと見ていたい、という欲求が不意に芽生えた。築が知らない、素の新の生活を、こうして向かいの窓から、映画のように眺めていたいと。

すぐにそんな思いつきが異常だと気づき、半ば無理やり、窓に背を向けた。覗き趣味なんておぞましい。いかなる他人にも興味なんて持たないはずだったのに。あいつが、あいつがあんまり丸出しで暮らしているから――ほんとうに？　ほんとうに新が原因なのだろうか。部屋にひとりだと、自問を遮るものがない。築はじっと考える。床の上に、自分のゲノムを解析した紙が散らばっている。築の設計図の解読書。でもそこにも、欲しい答えは書いてやしないのだ。

翌日、新は時間きっかりにやってきた。

「昼めし食った？」

「まだ」

「じゃあ駅前で何か食おう」

「遅刻するんじゃないの」

「別に時間決めてないんだ。午後からぶらっと行くって言ってあるから」

そんなざっくばらんが許される間柄のところへのこのこくっついて行くのだと思うと億劫《おっくう》だったが、逃亡も居留守も選ばなかった以上仕方がない。そば屋で朝と昼をいっぺんに済ませて電車に乗る。目的の駅までは二度乗り換えて一時間ぐらいかかりそうだった。

「手ぶらだけど、いいの」

「へ？」

「人の家に招《よ》ばれたら、何かしらの手土産を持って行くものだろ」

新は築を見て「案外気ぃ遣うなあ」と感心したように言った。

「非常識な友達連れてきたって思われたらそっちが困るんじゃないの。仕事でつき合いのある人なのに」

「何だ、俺のこと心配してくれてたの？」

ありがとう、と新の感謝にはいつも屈託やてらいがなく、だから築は却《かえ》って素直に受け取れない。もっとさりげなく言え。

「論点がずれてる。質問に答えろよ」

「いいよ、葉っぱもらいに行くだけだから。逆に恐縮されちゃうし」

休日は大抵どこにも行かないから、土曜の真っ昼間の電車、というのに、久々に乗った。外から洩れ入る光が射《さ》して、うす暗いのかうす明るいのか、車両全体が淡い琥珀《こはく》の空気に満たされている。誰もがどこかへ行くために乗っているはずなのに、静けさにはあてどがない。朝の、殺気立った沈黙とは全く違う。どこへ連れて行かれようとも、誰も文句は言わない。そういうふしぎなゆるさがあった。普段目もくれない、車内吊《づ》りの広告を見上げる。週刊誌、観光、新商品。世の中って色々動いてるな、とその歯車のひとつに組み込まれている実感なく思った。うとうとして、眠りそうだった。停車駅で親子連れが乗り込んできて、築たちのちょうど真向かいに座る。

まだ年若い両親と、三、四歳ぐらいの男の子。

「お外、お外」としきりに訴え、金属製のブラインドをかしょんと下ろさせる。まともに陽《ひ》射《ざ》しが入ってきて、築は軽く顔をしかめた。

「ごめんなさい、まぶしいですか?」

申し訳なさそうな母親に新が「大丈夫です」と愛想よく請け合う。気遣いをされるほうが煩わしいので、新がいてよかったと思った。舌足らずな声が、辺りに響く。このとろんとした雰囲気にくるまれて子ども特有の鋭い高さも丸みを帯びるのか、耳障りではなかった。見えるものすべてを、今初めて命名するように几帳面《きちょうめん》な口調で確かめる。

こうえん。えんとつ。おうち。でんちゅう。かわ。はし。わんわん。幼い眼にまだ定まりきっていない世界を、ひとつひとつ規定するようでもあった。子どもってまじめだ、と築は思う。経験値がないから何もかもに真剣で。きっと一日一日、大人からは想像もできない密度なんだろう。窓に張りつく子どもの、空豆みたいな足の裏が見える。ちいさい。機関車トーマスの柄の靴下。傍らの幼児サイズのリュックから、ストローのついたプラスチックの水筒が覗いている。それを指して父親が「りんごジュース？」と訊く。

「ううん、麦茶」

「ジュースじゃないと泣くんじゃない」

「出る前に、オレンジジュース飲んだから」

「ふーん」

他愛のないやり取り。床にはさっきまで、ブラインドのストライプの模様が落ちていたのに、今は親子三人の影絵になっている。まだ日が高いからシルエットはずんぐり短い。何の気なしに新を窺うと、目を細めて足下を見ていた。物理的なまぶしさが原因じゃないのはすぐに分かる。懐かしむような、夢を見るような、甘い憧憬《しょうけい》の眼差しだった。

結婚したいってほんとなんだ、と言葉よりストレートに心をぶつけられたみたいで、築は慌てて視線を外した。他人の本音なんてあまり知りたくない。でもそのもどかしい横顔は、脳裏から離れそうになかった。何やってんだろう、といら立ちに近い疑問が湧《わ》き上がる。あいうのがうらやましいなら、貴重な休日を自分と桑採りなんかに費やしてないでもっと有意義に使えばいいのに。すぐそこにあるものに手を伸ばしもせず、ただ見上げているだけのような男が不可解でならなかった。


目的の駅で降りると新は「もうすぐ着きます」と電話をかけていた。周辺は古い住宅街らしく、高い土壁や生け垣にぐるりと守られた日本家屋が多かった。

「何十年か前まではここらでも養蚕が盛んだったたんだって」

通い慣れたふうに、すいすいと家並みを縫って歩きながら話す。

「丘陵のほう、今新興住宅地になってんだけど、昔は山桑がずーっと生えてたらしいよ。あ、この家」

白い漆喰《しっくい》の壁が美しい、いかにも旧家という佇《たたず》まいの一軒家だった。新は木戸を押し開けて「こんにちはー」と声を掛ける。玄関までは玉砂利の上に飛び石が続き、その両脇にふさふさと桑の木が連なっている。

飛び石の上に、人影があった。

「灰谷さん、こんにちは」

築はまだ見たことがないけれど、蚕の紡ぐ糸はこんな感じだろうかと思った。それほど見事な、つやのある長い黒髪だった。

「こんにちは」

新が答える。たった五文字の中に、今まで聞いたことのない音程が混じっているのに気づく。気づいてしまう。特に察しのいい性格ではないのに。

「そちらが、お友達ですか？」

「知り合いです」

「おい」

築が訂正すると、黒い髪の女はくすくす笑った。

「灰谷さんが言う通り、はっきりした性格なんですね」

「正確じゃない表現は気持ち悪いってだけです」

「初めまして、橋詰《はしづめ》まどかと申します」

深々と頭を下げると、豊かな髪は肩へとさらさら滑った。半分水でできたような質感。

「葛井さん、ですよね。蚕を飼ってらっしゃるとお聞きしています」

「行き掛かり上、仕方なく」

「うちも祖母の代までは養蚕をしてたから、うちの中のあちこちに蚕がいました。懐かしいです。今、どれくらいですか？」

「二齢の終わりです。もうすぐ次の眠に入ると思います」

「じゃあこれからもっとむくむくかわいくなりますね」

変な女、と思った。自分たちよりすこし若いだろうか。丸えりのブラウスにカーディガン、膝が隠れる丈のスカート、身体のどこをアピールするでもない服装は、築が言うのも何だが野暮ったい。けれど、彼女を見た男の十人中十人は「お嫁さんにしたいタイプ」という評価を下すだろう――新も。

「桑の葉を分けてくださってありがとうございます」

築も軽く頭を下げ返すと「とんでもないです」と控え目に笑った。

「うちの木が役に立つんなら嬉しいです。葛井さんは、お酒飲まれますか？」

「いえ、全然」

「そうですか……毎年、桑の実を漬けて果実酒を作るんです。結構自信作だからおすそ分けしたかったんですけど、残念です。灰谷さんも一滴も飲まれないっていうし……」

「ごめん。でもどっちにしても、男は甘い酒飲まないと思うよ」

「そうですか？」

築と話す時と違って、新の声や仕草に、青い頑《かたく》なさがにじんでいた。急に新が、十も二十も幼くなったように見える。緊張と高揚――好きな相手と接する時の。そうか、と色んなことに合点がいった。女子高生に興味を示さなかったのは、ほかに好きな女がいるから。新の中では、漠然と「誰か」とつくる家庭ではなく、まどかとつくる家庭が夢なのだろう。しかしいい年の男が、何で片思いこじらせてるんだか。

「さっそく、摘みます？」

まどかが桑を指差して言った。

「どれでもいいんですか？」

「ええ」

なるべくやわらかい葉がいいみたいですよ、とアドバイスされたが、手触りなんてどれも同じようなものだ。最低限ぞんざいに見えない手つき、を心がけてぷちぷち葉をもいでいく。手のひらほどの大きさで、端っこはゆるいレースみたいにぴろぴろ波打っている。これぱっかり食べて繭を吐き出す生き物、というのはつくづくふしぎだ。その白さも美しさも商品価値も、紡ぐ蚕は知らない。ただ自らの眠りを守るための檻《おり》。それを茹《ゆ》で殺して使おうと思った最初の人間もふしぎだけれど。

「あ」

新が声を上げる。

「四つ葉のクローバーあった」

木の根本に、白詰草《しろつめくさ》がじゅうたんのように群生する一角があり、そこにしゃがみ込んでいた。

「目的が変わってるよ」

「いいじゃん。あ、こっちにも」

「そこ、ちょくちょくあるんですよ」

　とまどかが言った。

「人がよく踏むところにできやすいらしいんですけど。昔、五つ葉も見ましたよ」

「えー、じゃあそんなに珍しくないいんだ」

「がっかりしなくても……」

「築、一本ずつもらって帰る？」

　そこはお前と彼女で一本ずつだろう、と考えつつ「いらない」と答える。

「四つ葉四つ葉ってありがたがるけど、成長点に何らかの傷がついて、本来三枚の葉が四枚になるって原理だからね。人に踏まれる場所で見つかりやすいっていうのはそういう理由。生物学的に言えば単なる奇形で、その遺伝子が周辺で伝わってるってだけ」

　一瞬、ふたりが顔を見合わせて口をつぐんだ。しかし、まどかが「勉強になりました」と明るい声で沈黙を引き取る。

「何ごとにも理由はあるんですね」

「そうですね。意味はないけど理由はあると思います」

「意味は、ありませんか？」

「意味は、そこにあるんじゃなくて自分で勝手に与えればいいんじゃないでしょうか。プラスであれマイナスであれ。ないよりあるほうが楽しいならそうすればいい。四つ葉のクローバーが幸運のしるしだとか」

まどかはその言葉をゆっくり咀しゃくするようにうつむいてから「そうですね」と頷いた。

「葛井さんはすごくしっかりした人なんですね」

「いえ、別に」

あっさり否定してのけると今度は新が笑った。

「俺、お前のそういうとこが好きだよ」

好き。その言葉は、原料も調味料も定かではない外国の料理みたいだった。高級品ですよ、おいしいでしょうと言われればそんな気もしてくる、ような。もう一度食べたいような、そうでもないような。築は、自身で判断のつきかねる事象が嫌いだから、とりあえずへんなこと言うんじゃねーよ、と思った。

ショルダーバッグはすぐ桑の葉でぱんぱんになり、でも見た目ほどには重くないのが奇妙な感覚だった。

「上がってお茶でも」

というまどかの誘いを「人の家は苦手なので」と断った。嫌い、と表現しなかったのがせめてもの遠慮、ではある。

「じゃあ俺もおいとまします。まどかさん、また」

「ええ、いつでも収穫しに来てください」

新まで帰ろうとしたのは想定外だった。

「灰谷は残りなよ」

「何で」

「何でってせっかくだし……」

ふたりっきりになれる方が好都合だろ、とはさすがにまどかのいるところで言えなかった。

「いいよ、一緒に帰ろう」

さばさばと新は言う。

「無理やり誘ったのは俺なんだから。ここで、はいさよならってわけにはいかないよ」

「道なら覚えてる」

少々むっとして言い返すと「そういうんじゃなくて」と苦笑する。その時何だか、自分が埒《らち》もない駄々をこねているような錯覚に陥り、むかっ腹が立った。ふたりでゆっくりしなよ、とあからさまに匂わせてやろうかと口を開きかけたのと、強い風が吹いたのが同時だった。桑の葉がざあっと流れて鳴り、まどかが「きゃっ」と叫んでしゃがみ込む。虫でも飛んできたのだろうか。蚕をかわいいと言う人間がそのぐらいで悲鳴を上げるだろうか。じっと頭を抱え込んで丸くなり、風が止《や》んでもなかなか立ち上がろうとしなかった。

「まどかさん」

新が手を差し伸べる。真剣な表情だった。痛いほど。そう、なぜか築の胸が痛んだ。いた、と知覚した瞬間から猛然と鼓動を打ち始めた。何だよこれ。築は動揺する。新は、まどかだけを見ているので気づかない。

「……ごめんなさい」

すこしふるえる声とともに顔を上げると、弱々しく笑ってみせて「みっともない」と自《じ》嘲《ちょう》した。

「そんなことない」

新の声は力強く、宣言しているように聞こえた。動悸《どうき》はすぐにやんで、心臓は今度は、冬眠したように胸の中でしんとひそやかだった。何これ、とまた思う。答えの出ない自問を。


帰りの電車で、新《あらた》はしゃべらなかった。腕組みして、目を閉じていたが眠ってはいない。だから築《きずき》は確かめる。

「灰谷《はいたに》」

「うん？」

新らしいフランクな応答に、肩の角度が一段、かくんと下がるのを感じた。自分が緊張していたことに気づく。

「あの人は、灰谷の『依頼人』なんだよね」

新はすんなり頷《うなず》いた。

「分かっちゃった？」

「風が吹いた時に」

とっさに長い髪を押さえて丸まった姿。一体何に慌て、何を守ろうとしたのか。

「僕に耳を、見られたくなかったんだ」

「お前、鋭いな」

「何となくだよ」

まどかの狼《ろう》ばいも、新の決然とした態度も、それで納得がいった。

「生まれつきないんだって」

新が自分の耳を示しながら言う。

「聴覚自体に問題はないんだけど。普段はああやって髪の毛で隠してる。前もって言っとこうかどうか、迷ったんだけど」

一見して分かるものじゃないから、敢えて告げておかなくても、という新の配慮は理解できる。若い女性なのだし。

でも。

「……うかつにクローバーの話なんかして、僕は彼女を不快にさせたと思う」

あの強張《こわば》ったムードの理由も今なら分かる。それこそ空気読めって話だ。

「ああ……大丈夫だよ、そんなの。ちょっとびっくりしただけで。気を悪くするような人じゃないよ」

その口ぶりから新が、まどかの人柄をよく知っていて、信頼しきっているのが分かった。

「それより、お前が『意味は自分で与えるもの』って言っただろ、あれは、まどかさんにとってはものすごく深く響いたと思う」

「そうなの？」

「うん……やっぱり考えちゃうんだって。何で自分だけこうなのかって。それで、機能自体に不自由はないのに、もっと大変な人はいくらでもいるのに、そういうふうに思う自分がまた嫌いになるって。俺、そういうこと聞いても、何も気の利いたこと言えないんだけど、築はさらっと言うからすごい」

「前もって事情を知ってたら軽はずみな発言はできないだろ」

耳を形成する遺伝子の指令書にスペルミスが生じた、それが理由。まどかの家系を深くたぐっていけばそのルーツが見つかるかもしれない。じゃあ、意味は。

「そういう身体《からだ》だから、灰谷と出会えた……ていうことになるのかな、将来的に」

「え」

新は、面白いぐらいみるみる真っ赤になった。

「え、うそ、そんなに分かりやすかった？」

「僕は分かった、というだけの話で、一般的にどうなのかは知らない」

「うわ、どうしよ。でも本人にはばれてないよな？」

「たぶん……ていうかばれたら何でまずいの」

「そりゃあ、だって……」

いやに歯切れが悪い。

「最終的にはばれてほしくて自分からばらすんでしょ、恋愛ってそういうもんじゃないの？」

「そうだけど、今は仕事のつき合いだからまずいよ。お互いにやりにくくなる。まだ作ってる最中だし」

そういえば、築の耳をやけに褒めたっけ。作ってみたい、と言った時、頭の中にはまどかの存在があったのかもしれない。こんな形の耳、彼女にどうだろう。服や靴をあてがうように自分のパーツが参考にされたのかもしれないと思うと、いい気分はしないけど。

「いつできるの？」

「微調節して……でも冬かな。まだ取りかかり始めたばっかなんだ」

「すでにずいぶん仲良さそうに見えたけど」

「んー、うちに初めて来たのは今年の頭」

「半年以上も何してたの？」

しゃべるだけ、と新は短く答えた。

「やっぱ、ものすごい抵抗があるんだよ。女の子だし、子どもの時はそれでいじめられたりもしたらしいから。軟骨移植して形成手術したんだけど、うまくいかなくてさ。不信もあったみたい。こっちは仕事です、見慣れてるから何とも思いません、はいどうぞって言ったって無理なんだよ。医者とは違う。……おふくろさんに連れられて来て、最初はそれこそ口もきかなかった。ちょっとずつ、ちょっとずつ、ほんとに茶飲み話から始めて、こないだやっと、髪をかき上げて見せてくれた」

築の目にまどかは、おっとりしたいいとこのお嬢さん、だった。人目にさらすのを憚《はばか》るような深い苦悩があるなんてあの瞬間まで分からなかった。それは新の、しんぼう強い交流のたまものかもしれない。

「みんなにそんな時間をかけるの？」

「個人差だよ。色々。でもあっけらかんとして見える人でも、やっぱ話すうちに、色んなこと溜《た》め込んでんだなって分かるよ。こっちもつられるっていうか、精神的にものすごく落ちる時があるけど。うわべだけでやり取りしてつくったものって、絶対ＯＫが出ないから。だからそういう時は俺の、手だけじゃなくて心が、どっかでさぼったんだなって思う。俺の都合で焦らせるのだけはしちゃいけない」

「すごい仕事だね」

築は素直な気持ちで讃《たた》えた。

「少なくとも僕には絶対無理だ」

「俺だってお前みたいに賢くなれないよ。苦労ばっかみたいな話しちゃったけど、ちゃんとやり甲斐《がい》だってある」

「どんな？」

新は、ふ、と照れくさそうに眉《まゆ》を下げた。それでもう、誰について話すのか見当はついた。

「……まどかさんが、この頃やっと、新しい耳ができたら、って話、してくれるようになった。ちょっと前まで、偽物の耳なんて、って言ってたのに。髪型変えて、かわいいピアスつけて、『KOTORI』でオーダーメイドしたイヤホンで音楽を聴きながら外を歩きたい、海やプールにも行きたいって。そういうふうに言ってもらえると、俺も絶対頑張ろうって思うんだ」

誰かの、ちいさな夢を叶えてやるというのは、とても幸せなことなんだろうなと思った。築には分からないけれど、新の充足しきった顔を見ていると。

「で、耳ができたらプロポーズするんだ」

「早いよ」

「しくじりはしないと思うけど」

「ほんとかよ……」

「だって彼女は、自分のいちばん見られたくないところを、灰谷になら、って見せたんだろ」

ふだんは繭《まゆ》に包んで隠している暗さも醜さも。

「ある意味、肉体関係より濃いんじゃないの」

「そういうふうに言うなよ」

怒気のあらわな語調に、たじろいだ自分がいやだった。初対面で責め立てられても何とも思わなかったのに。新はすぐ我に返って「ごめん」と言った。

「築の言うこと分かるし、一部は当たってるんだと思う。でもいやだ」

もったいつけてんじゃねー、いい年した男が、と笑うのはたやすい。でも新が、自分のいちばんやさしい部分、誠実な部分でまどかと向き合おうとしているのが分かってしまって何も言えない。

「うかつにその気になるなって上司からは言われてるんだけど……俺だけが彼女のこと知ってる、分かってる、救ってやれるって酔いしれて、思い上がるようになったらこの仕事終わりだって。だからはしかみたいなもんかもしれないってうんうん考え込んだりする」

深い息を、吐いた。そのかすかな音が、なぜか築をぞくりとさせた。日が傾き始めている。背後から射す西日が、新の頭や、すこし前屈《まえかが》みになった背中をぼんやりと光らせていた。髪の毛の一本一本、服の繊維まではっきりと。その瞬間築は、なぜか思った。これは自分の手が届かないものなんだ、と。こんなきれいなものには。電車がごく短いトンネルをくぐり、輝きが失《う》せたその一瞬で魔法のように心の声は弾《はじ》けて、夢を見ていたようなおぼろな手応《てごた》えだけが残ったけれど。

「顔見たら、そういうのもう、どうでもよくなっちゃって。この世に存在してくれてありがとう、今まで生きててくれてありがとう、大げさじゃなくてそんな感じ」

「……きょう、何で僕を連れてきたの」

「……何となく。見てほしかったのかな」

「子どもが宝物を自慢するような心境？」

「いや、全然俺のものじゃないけど」

ゆっくりとかぶりを振る新の顔にはすでに諦《あきら》めたような微笑が浮かんでいた。熱っぽい気持ちと裏腹に、さっきから新は、どこかで駄目だと決めつけているような風情だった。今はまだ仕事の途中だからとか、それだけじゃなく。確信が持てるより先に、築は口に出していた。

「灰谷にも、見せられない耳がある」

「え？」

「――て今、思った。違う？」

「……お前ってほんとふしぎ」

「そうだね」

僕も今の僕がふしぎだ、と思ったが口にはしなかった。

「別に詮索《せんさく》するつもりはないよ」

「むしろ聞きたくないって言いそうだな」

うん、といつものように答えればよかったのだ。けれど築は「そんなことない」と言った。そんなことない。曖昧《あいまい》さを含んだ、社交辞令的な、本来の自分が好まない表現。

「ほんとかよ」

新が肘《ひじ》で軽くつついた。

「俺の父親、もう死んだけど、フルコースの男だったから」

「フルコース？」

「飲む打つ買うと暴力」

それを話す時、新の声からふっと色が抜け落ちて褪《あ》せた。目の前の一瞬で景色がモノクロになったみたいにはっきりと、築の目に見えた。

「だから俺は、父親の性質を受け継いじゃってんのかと思ったら怖くて結婚なんてできない」

「馬鹿言うなよ」

築は即座に反論した。

「血筋だけで決まるような簡単なもんじゃないよ」

「でも連鎖するって言うじゃん。父方の祖父も似たような男だったらしいけど、父親が物心つく前に死んだって。でも父親はじいさんのコピーみたいに成長した。俺は十三まで親父を見てた」

「だからそういう発想も単純なんだって――」

否定しながら、築は自分の言葉の無力さに気づいていた。どんなに理論を並べ立ててみせても、新に根づいた不安と不信を取り除けない。

「俺は酒の味すら知らないし、これからもそのつもりでいる。ジュース一本でも何かを賭《か》けるのはいやで、当たり前だけど……他人に暴力を振るった経験もない。でもそうやって逆方向、逆方向に歩いていこうと意識する、そのこと自体が駄目なんだっていうのも分かってる。このまま結婚して、子どもをつくったら今度はその子を信じきれないと思う。きっと自分を見張るみたいに子どもを見張る。そんなんじゃやってけない」

「だからあんなに、遺伝子に興味持ったんだ」

「うん。もし、目に見える素質みたいなのが分かってて、俺にそれが伝わってないって証明されたら、希望が持てるのかもしれないって」

地元まで帰り着くと、もうすっかり夕方だった。線路沿いを並んで歩きながら新は「俺、この時間帯がいちばん好き」と言う。

「築はいつが好き？」

「さあ。特に考えたことない」

国道沿いにあるドライブスルーの、「M」の看板が黄色く光っている。新は星を教えるように人差し指をまっすぐ伸ばした。

「ああいうの」

「マクドナルドが好きなんだ」

「違うよ。いや好きだけど、そうじゃなくて、ああやって、明かりのつく時間帯が好きなんだ。家の明かりが、いちばん。遠いのが好き。ちょっとずつ、ぽ、ぽ、って、空の高いところから早回しで見たらすごいきれいだと思う。『ナウシカ』のラストの、王蟲《オーム》のシーンみたいにさ」

それは分からなかったが、新が窓の灯を見たいばっかりに、カーテンも吊《つ》るさず暮らしているのだとは分かった。新にとってはたぶん「家」の象徴。自分で自分を縛って、遠ざけて手に入れられないもの。新の指は夕暮れの空気にさまよい出すようにすこし、宙で泳いだ。

「俺、自分の仕事好きだけどさ」

ぽつりと吐き出す。

「今の師匠に出会ったのは病院の整形で、何でそこに行ったかっていうと母親が腕の骨折ったからで、何で骨折ったかっていうと父親に殴られたからで、そういうことを考え出すと、家じゅうの物という物を壊して暴れ回りたくなる。そんでまた、やっぱりあいつの息子なんだなって思う」

「お父さんて何で亡くなったの」

「外で酔いつぶれて凍死」

「あまり他人に迷惑かけない最期《さいご》だったんならよかったね」

「そうだな。俺が殺してたかもしれないし」

「それならいっそうよかった」

「うん」

物騒な単語を交えた淡々としたやり取りの後、新は急に吹き出した。

「お前、ほんとすげーな！」

「何で」

「人んちの親の死に『よかった』は普通言わねーだろ」

「話を聞く限り、普通の父親じゃなかったみたいだし」

「まあそうだけどさ。おふくろも今となっては『あんな男でもあんたにとってはたったひとりの父親だった』って言うよ」

その言葉は苦い断絶を含んで聞こえた。妻ではあったが、他人になれる母親と、遺伝子の半分を継いだという事実から一生逃れられない息子との。

「まあ、言ってることは正しいけど、『だから何?』っていう話じゃないの。本来三人いて然《しか》るべき父親がひとり、とかならそれなりの重みもあるかもだけど」

「でも言うよな、生まれる前、この夫婦の子どもになろうって決めて腹ん中入ってくとか」

「信じて楽しい人だけが信じればいいおとぎ話だよ」

「そっか」

新は立ち止まった。つられて築も足を止める。ライトを光らせた電車が、その脇を通り過ぎていく。短い髪が、それでも風圧でふわりと浮いた。まどかがいたら大変だっただろう。まっすぐ手を差し伸べた新を思い出すと、肋骨《ろっこつ》の間にうすっぺらい刃物をすっと差し込まれたような痛みが走った。

「お前の話聞いてるとほっとする」

新は言った。

「何で?」

「全然ぶれないからかな。築の、築だけの芯《しん》があるから」

「そうでもないよ」

この頃は、頭と言葉、頭と行動がずれる。新に会ってからだ。他人と関わることで生じる、自然な化学反応だろうか。それとも新だからなのか。それすら築には分からないのに。

家に帰って、カーテンを開ける。もう当然みたいに新が立っていて、手を振る。かばんを開けるとむっと草の匂いがした。蚕は自分の変容を知っているだろうか。眠りと摂食を繰り返し、全く違う姿になる自分を認識したら、蚕も恐れるだろうか。ほら、ばかげた話だ。知能も感情もない、とかつて切り捨てたのは、自分だ。

まどかの言った通り、三齢を経て四齢に入ると、蚕の頭はぐっと大きくなり、節と節の間のカーブも張ち切れそうになってきた。食のほうもますます進んで、こまめにケースを掃除しないとすぐ汚れる。手を入れると蚕は一瞬ぴくりと頭をもたげ、それからためらいなく這《は》い寄ってくる。家畜だから人を恐れないのだ。きれいに洗った箱に桑の葉を敷き詰め、蚕を戻してやる。それを眺めていた初鹿野《はじかの》が「飼い主っぷりも板についてきたな」と感心していた。「何か手伝うか?」とおずおず言われたものの、表情は正直だったからご遠慮申し上げた。申し出てくれる勇気を評価したい。

「もともと全然興味ない存在でもさ、日々手をかけてたら、愛情って湧《わ》いたりする?」

「そうだね、食糧危機が訪れてもこいつらを食うのは最後の最後にしようと思うよ」

「ただのとっておきの非常食じゃん……」

「初鹿野の家ってどんな感じ？」

唐突に振ると、困惑したように視線を泳がせた。そりゃそうだ、今までこんな話したことない。

「取り立ててどうってことは」

うん、そう、それが社会人の答え。本当は家の中だけの秘密やうそがあっても、ただの同僚にいちいち打ち明けたりしないものだ。とりあえず家族は「ちゃんとしている」という暗黙の了解の上に立たなければ、自分の足下が危うくなる。

「年の離れた妹がいる」

「ああ、初鹿野ってお兄ちゃんぽいよね」

「葛井《かずらい》は？」

「ひとりっ子」

「やっぱり」

「うそ」

「え？」

「兄と姉がいるんだ。三人兄妹《きょうだい》の末っ子」

「意外だな」

「でしょう。しかも僕以外は全員社交的で、恥ずかしげもなく庭でホームパーティをやらかしたりする」

「へー、アメリカのホームドラマみたい。見かけによらないな」

「うん」

外からじゃ何も分からないのだ。影踏みの影の中にいたから、自分の身体まで黒くなったと思っているらしい新の気持ちも。あれ以来カーテンも閉じっぱなしで会ってない。そこにいるのを見てもいないのを見ても、何だかもの悲しくなってしまいそうだった。

ぎりぎり終電に間に合う時間だったので急いで帰路に着く。家の前から向かいを見上げると、新の窓は暗かった。まだ帰っていないか、もう眠っているのか。

しかしエレベーターを降りると、共用廊下にその新が立っているのが見えた。もたれているのは、築の部屋のドアだ。

「お帰り」

「……ただいま」

何の用？　っていつもみたいにはっきり訊《き》けばいいのに、一言しか発せなかった。

「たまにはお前から連絡してこいよー」

すこしすねた口調で言うと「遊びに来た」と笑う。

「あした、ていうかきょうか、休みだろ？」

「うん」

何をいきなり、とか、勝手に決めんな、とかはもう、思わなかった。

「お前んち何か食うもんある？」

「カップめん」

「じゃあ、コンビニで適当に買ってくる。ついでにＤＶＤ借りてくるな。何がいい？」

「観終わった瞬間に忘れるようなくだらないやつ」

「逆に難しいな……了解」

新を待つ間、何となく落ち着かなかった。お茶を入れようにもお茶っ葉がないし、片づけようにもものがない。でも、何かしなければ、という義務感に駆られてフロアワイパーをかけたりしていた。やがて、ふたりでは食べきれないほどの惣菜を両手にぶら下げて新が戻ってくる。鍵を持って行ったから、当然のように「ただいま」と。へんな感じだった。

「蚕、元気？」

「うん」

「俺ら共通の話題それしかねーのかよって感じだな」

「まどかさん元気？」

共通の話題その2、を挙げると、ウーロン茶のペットボトルが新の口元数センチ手前でぴたりと止まる。

「うーん」

あぐらをかいた足の指が、むずむず居心地悪そうに動いた。人差し指が親指より長いことを発見した。

「……何かあった？」

そろりと、プールの前の消毒槽に足を踏み入れる時のように身構えつつ訊く。

「いやあ、何かっつうかね」

新はぐびりと喉を動かしてから唇を雑に拭《ぬぐ》うと、すこし声を低めて言った。

「プロポーズされたんだって」

「誰に？」

「そりゃ、彼氏に決まってんだろ」

「いたんだ」

「そうみたい」

「普通、好きになる前に確認するもんじゃないの？」

「訊きづれーよ」

茶色い水が新の手の中でとぽんと揺れた。

「外見で悩んでる女の子に『ところで彼氏とかいる？』って……ま、そういうことなんで、お騒がせしました」

　新はばつ悪そうに笑う。

「うん、うっかり先走って告ったりしないでよかったよ」

「彼女は、受けるのかな」

「そりゃ、嬉《うれ》しそうにしてたからそうなんだろ」

「でもまだ人妻じゃないんだったら灰谷も言えば？」

「無理だって」

「どっちか選んでくれって言うのは悪いことじゃない」

　少なくとも会った時の雰囲気からして、新に勝ち目がゼロだとは思えなかった。相手にもされない、なんて結末にはならないだろう。

「やだよ」

「何で」

「あーもう！」

　いきなり新の腕が首の後ろに回ってきて、築は頭を抱え込まれた。

「頑固だなお前も！」

「ちょっと、痛い！」

　抵抗すると無理な角度に筋を違えそうで逆らわず力に任せると、新の脚の上に仰向《あおむ》けに倒れ込む体勢になった。唇の開閉が、いつもと違うアングルで目に入る。そこだけクローズアップされてやけに生々しかった。

「……困らせたくないよ」

額につめたいペットボトルが触れる。

「あの人の、つらい姿はもういやってほど見てきたから。俺は、まどかさんが堂々と顔を上げて歩くための耳を作る。それだけでいいんだ」

負け惜しみじゃないのが分かる、だからこそ築は、何だか余計に悔しかった。

「それに俺、プロポーズとかできないよ、誰にも。やっぱ怖い」

怖いからこそ踏み越えるんだよ、そうしないとお前の欲しいともしびは一生遠くの窓の中だ。

でもそんな台詞《せりふ》、恋人がいた経験すらない、恋愛と無縁な男が言ったところで、新の心は自由にならないだろう。新は静けさを嫌ったのか「そんな顔すんなよー」と築の頭をぐしゃぐしゃにかき回すと「DVD観よう」と笑った。B級のホラーばかりで血しぶきも内臓も、全部コントみたいだった。多いだろ、と思った食料はそれらに突っ込みながらつまんでいるうちにいつの間にかなくなってしまい、新が補充の買い出しに行った。だらだら食べたり食べなかったりしていると、総量としてはかなり胃袋に収められるらしい。発見だ。ふたりとも煙草を喫《す》わないせいで口がさみしくなるのだろう。新の父親は喫煙者だったのだろうか。

それで新は意識的に忌避しているのかもしれない。

父親と違う道へ、違う道へと歩いて行こうとする新。けれどその足には、幅広の強力なゴムが巻きついている。遠くへ、長く伸びれば伸びるほど引っ張る力も強くなり、ちょっとしたつまずきで新を引き戻してしまう。一瞬の引力。新の心象を想像するならこんな感じだ。

それこそ不出来なコメディみたい。でも新は新自身の「血」という物語から逃れられない。

頭を打ち振る。眠い。テレビ画面はクライマックスの手前で一時停止している。

新が戻ってきた。がさがさとコンビニ袋の鳴る音ですこし意識がはっきりした。

「ただいま」

「うん」

「何してた?」

「力について考えてた」

「力?」

戦利品を並べながら「ジムでも通いたいの?」とてんで的外れな推測をしてくれる。

「さっき俺に、なすすべもなく引き倒されちゃったから?」

「過剰に修飾しないでよ」

再生ボタンを押す。怪しい科学実験で生まれたらしいクリーチャーが、ぎゅるぎゅると妙なうなり声を上げてヒロインに襲いかかり始める。

「お前んとこの会社でこんなのできたらどうする？」

「だからそういうジャンルじゃないってば」

「コーラ飲む？」

「うん」

炭酸飲料っていうのは、マグカップに注《つ》がれるとふしぎなほどうまそうに見えない。ふちでぷちぷち弾ける泡を眺めて、築は不意におかしくなる。

「何だよ」

「本来、こういう場面ではやけ酒に溺《おぼ》れるもんじゃないのかなって」

「しょうがねーじゃん、飲めないんだから」

「ノンアルコールビールでもシャンメリーでも、その手のものがあるだけでムード出るだろ」

「何だよムードって」

こんな時でさえ、まがい物の酒すら口にしようとはしないのか。失恋の痛みより冷酷に新を支配する懸念。コーラはひりひり喉《のど》を下っていった。ヒーローとヒロインだけが生還するちゃちなハッピーエンドを見届けると、新が別のディスクを取り出す。

「『ガタカ』？」

「知ってる？　安かったし、オススメの札ついてたから」

あらゆる「劣悪な遺伝子」を胎児のうちに取り去る技術を得た、未来の話。子どもたちは性別はおろか、髪や肌や目の色まで完全に選別されて生まれてくる。その工程を経なかった者は見下され、蔑《さげす》まれる。十年以上前の映画だから、おいおいと思う箇所を挙げればきりがなかったが、新は真剣に見入っていた。

そこで記憶は途切れている。長い長い、まばたきから覚めたような感じだった。目の前に、壁。クロスの剝《は》がれに見覚えがあるからには自分の家の。それにしても何でこんなに苦しい、と身じろいで、頭の下にあるのが枕じゃないことにようやく気づいた。自分の腰のあたりにもだらりと垂れている。

新の腕。

「……ええ？」

自分の声で完全に覚醒《かくせい》した。起き上がるとどうやら新に後ろから抱きつかれる体勢で、狭いシングルベッドに無理やり納まっていたらしい。どうすんのこれ、と考えてからどうする必要もないと思い直し、とりあえず眼鏡《めがね》を探す。枕やシーツを叩《たた》いてみたが見当たらなかった。まさか下敷きにしてるってことはないだろうな。スプリングが軋《きし》み、新が、苦い薬を飲まされたように顔をしかめてからゆっくり目を開けた。

「……築？　何やってんの」

掠《かす》れた声で呼ばれた瞬間、ざわっと全身の血が波打った。心臓ごとちゃぷちゃぷ揺れている。

「めがね」とどうにか答える。

「僕の、眼鏡」

自分の発声も発音も抑揚も、全部リセットされたみたいに見失った。ちゃんと日本語として新に伝わったのかどうかも分からない。何で？　頭の回路を巡るのは役にも立たない疑問符ばかりだった。寝起きなんか、電車でも見たし。くっつかれもしたし。

「ああ、眼鏡」

新は何とも思っていないようだった。ゆるゆると手を上げ「机」と指す。

「割れたらやばいから、そこに置いといたよ」

「ああ、うん」

とは言ったものの、家具の配置上、新に居座られていては机に辿《たど》り着けないのだが。

「……どいてよ」

「やだ」

言葉が舌の上をつるつる滑っているような気がする。新は面倒そうに「またいでって」とまた目を閉じる。踏んでやろうか。髪の根元に近いとことか、皮膚一枚とか、絶妙に痛いところを。

そんなのが想像でしかできないのは明らかだった。自分から新に接触するなんて無理だった。血管が、肉が踊り出して、器の外に飛び出しそうだった。立ち上がって慎重に新の身体をまたぎ越す。

「あれ」

その一言で、指先がぎこちなくこわばってしまう。

「何だよ」

「お前何か、顔赤くない？」

「暑かったんだよ、寝苦しくて」

飛び降りるように床へ着地し、新に背を向けて机にあった眼鏡をかけるとやっとすこし、落ち着いた。

「寒そうにしてるからくっついてやったんだよ」

「恩着せがましい、人の家で」

「だってお前、いきなりかくって落ちるからさ――あ、」

「なに」

「髪の毛跳ねてる」

「ほっといて」

「……ありがとな、眠いのに、限界まで俺につき合ってくれたんだよな」

帰って寝直す、と新はあっさり出て行った。ごみや洗い物はきれいに片づけられ、DVDもなかった。痕跡《こんせき》がなさすぎて、夢でも見てたみたいだ。デスクチェアに乗っかり、三角座りをする。座面を回してパノラマで眺める自分の部屋は、何だかひどく味気なかった。こんなに殺風景だったろうか。ぶうん、とちいさな音がして、上着に入れっ放しの携帯が鳴っていることに気づく。手を伸ばしながら怖かった。新からじゃなかった時、落胆してしまうだろう自分が。

『起きてた？』

危惧《きぐ》通りに沈んだ心の行き場も見当たらないまま、普段以上にそっけなく「うん」と返事する。八つ当たりじゃない、身内だからだ。

『顔出しなさいよ、まだ旅行のお土産も渡してないし』

「別にいらない」

『そう言わないで。築に郵便も届いてるから』

「処分していいよ」

『確かめもせずに言うんじゃありません。あしたのお昼いらっしゃい。慧《さとし》も歩《あゆみ》もくるから』

「急なんだから」

『優先させたいお約束があるんならそちらを取って頂いて結構よ』

息子の予定が基本的に白紙であると知っていて母は言う。築はしぶしぶ「分かったよ」と了承した。

『楽しみに待ってるわ』

「あ——母さん、ちょっと待って」

『ん?』

「一人増えても大丈夫?」


実家に行くのは正月以来だ。芝生の庭にはすでに会食の準備がしつらえてあり、両親と兄夫婦、姉夫婦が興味津々の顔で築を待ち構えていた。無理もない。末の息子が人を伴ってくるなんて初めてなのだから。男だから、たまたま近所で知り合った間柄に過ぎないから、とくどいぐらい念押ししておいてよかった。

「築、いらっしゃい」

母が立ち上がり、新にほほ笑みかける。

「うちの息子がお世話になっております」

「あ、いえ、そんな、こちらこそ……」

新はすっかり借りてきた猫だった。誘う時、「実家の昼食会に出なきゃならないんだけど」

としか言わなかったから無理もない。門の前で何度も「ここがお前んち？　まじで？」と確かめられた。

「どうぞ、おかけになって」

「はい」

神妙な面持《おもも》ちで席に着くと、隣に座る姉が「築がお友達を連れてくるなんて思わなかった」と話しかける。

「同じ職場の方？」

「いえ……」

「どうやって知り合ったの？　まさかうちの弟が趣味のサークルやボランティアってこともないでしょうし」

「えーと」

築は「始めようよ」と助け舟を出す。

「腹減った」

テーブルの上には、ハーブと米を詰め込んだローストチキン、焼き野菜のブルスケッタ、鉄鍋丸ごとのブイヤベースなんかが並んでいる。築にとっては少々食べ飽きたぐらいの、母の定番メニューなのだけれど、それにも新は目を丸くしていた。

「ペリエでいいかな」とびんの口を向けたのは父だ。

「アルコールはお嫌いだと息子から伺っておりますが」

「あ、はい、ありがとうございます」

「お茶もジュースもありますから、いつでも仰《おっしゃ》ってね」

母の言葉にひたすら恐縮して頷く姿を見て、誘わないほうがよかったのかなと後悔しかけたが、物珍しさ半分で構われるうち、だんだんリラックスしてきたのか、普段の飾り気ない笑顔を見せるようになった。

「へえ、義肢を作っておられる」

「はい。まだまだ駆け出しですけど」

「立派な仕事ですね。人の為になる職で飯が食えるというのは尊いことだ」

「いや、とんでもないです」

感激屋の父に褒められて、新はひどく照れくさそうにうつむいていた。築なんかは、何を言われても「オーバーだよ」とスルーしてしまうのだけれど。

「うちの弟は面白いでしょう？」

「やめろよ」

鳥の、張ち切れそうな腹回りを切り分けながら兄が言う。

「どうして？　自慢してるんだよ」

「だからやめろって言ってるんだよ」

新が笑いをかみ殺しながら「はい」と答えた。

「すごく」

小一時間経《た》ち、ゲストがすっかり場に溶け込んだのを確かめてから簗はさりげなく席を外した。家の中に入り、二階の自室へ向かう。就職するまで過ごした部屋は今も変わりなく保たれていて、今住んでいるマンションよりよっぽどなじみがあった。ベッドに寝転がって目を閉じる。細く開けた窓から談笑の声がかすかに聞こえてくる。

連れてきてよかった。こうしてさぼっていられる。風も気持ちいいし、このまましばらく昼寝を決め込もう。心地よくまどろみ、頭までとろとろと弛緩《しかん》を始めた時、顔のごく近くで不自然に空気が動くのを感知し、自分でも驚くぐらいぱっと目が開いた。反射に近かった。

「あ、ごめん」

眼前にあるのが新の指だと認識するのにすこしかかった。

「眼鏡、邪魔なんじゃないかと思って、外そうとしたんだけど」

簗は素早く起き上がり、壁に背をぴったりつけて膝を抱える。すこしでも遠ざからなくては、すこしでも遮らなければ。

心臓の音が聞こえてしまう、と思った。

「え、そんなびっくりした？」

「……何か用」

「いや、なかなか帰ってこねーから。したらお兄さんが、『たぶん部屋だと思う』って教えてくれた。あいつすぐ引きこもりたがるからって」

ベッドの端に腰掛けると天井を見上げて「広いなー」とつぶやく。

「この部屋何畳？」

「十二畳」

「すげー。ここくるまでだってさ、ガラス張りの小部屋みたいなとこにバイク置いてあるし、絵とかいっぱい掛かってるし、何この豪邸みたいな。お父さんて社長か何か？」

「一応。アパレルとかインテリアの輸入業だって。興味ないからよく分かんないけど」

「ああ、それでか。全然ごてごてしてなくてセンスいいよな」

店も二軒構えていて、それぞれ兄と姉が任されている。行ったこともないが、悪い話は聞かないからそこそこうまく回っているのだろう。

「お前んちみんな明るいな。社交上手っていうか」

「僕と全然違うだろ」

新はすこしちゅうちょして「正直驚いた」と認めた。

「三人兄妹で、全員年子なんだ。葛井兄妹って、中学までは結構有名だったよ。勉強もスポーツも何でもできて、人望もあって。でもそこに僕が入るとみんな『えっ？』っていう顔になる。ほんとにお前、あの葛井の弟かって真顔で教師に訊かれたな」

「でも顔立ちは結構似てるよ」

頬骨《ほおぼね》のラインとか小鼻、あと爪《つめ》の形も、とさすがにプロらしい分析をされた。

「別に言われるのはいいんだよ。運動がまるでできないのも、リーダーシップと無縁なのも、僕は恥だと思ってないし」

「昔からそんなに堂々としてたの？」

「たぶん。でもそれが生来の気質だとは必ずしも言えない。両親は上と比較して僕にいら立ったりしなかったし、お兄ちゃんやお姉ちゃんみたいになりなさいって一度も言わなかった」

運動会とかマラソン大会とか、嫌いな行事をずる休みさせてはくれなかったが、毎回ビリでも、とにかくやりさえすれば「頑張った」とうっとおしいほど喜んだし、兄も姉も、末っ子を尊重してくれた。

「こういう家族じゃなかったら、もっといじけて、コンプレックスを抱え込んだかもしれない。でもこういう家族の中にあって僕ひとり毛色が違うのも確かだ。蚕でさえそうだよ。同じ箱で、同じ条件で育ててるのに、個体差がある。葉っぱの端っこを好んで食べるの、真ん中が好きなの、ちょっと反応が鈍いの……面白いだろ？」

「……うん」

新は前髪をかき上げ、生え際を指でじりじりなぞる。

「ひょっとして俺に、そういうことを教えるために、連れてきてくれたの？　血筋じゃないって」

「灰谷が、たまにはそっちから声かけろって言ったんじゃないか」

「ああ、そっか」

何もない壁に目をやる
「ここには写真、ないんだな」

「写真？」

「玄関入ったとこに、いっぱいあったから。家族写真が」

「そういうこっぱずかしいのも、僕以外が好きなんだ」

「いいじゃん、こっぱずかしいなんて言うなよ」

唇を一度引き結び、もどかしげなちいさい笑みを浮かべてから繰り返した。

「……言うなよ」

大きな家と優しい家族。

新が、欲しいものが全部、ここにあるだろうか。まるでマッチの炎の中で揺らめく家の明かりみたいに。

「僕は、考えなしに呼んだりして、灰谷を傷つけただろうか」

「考えてくれたんだろ？」

新は「傷つけるは大げさだよ」と手を振って否定した。

「そう。だったらよかった」

動揺が収まるにつれ、言葉はいつになく素直に出てきた。自分の家、という絶対的な安心感があるからだ、と気づいた時、築は自分が、分不相応な幸せに恵まれていると思った。この家で、皆から愛されて育ったこと。大人になって離れても一生、自分を温め続けるだろうこと。

新が言う。

「お前って、湿っぽくないから分かりにくいんだけど、結構ストレートに、俺に同情してくれてる？」

「うん」

「あちゃー」

「なに」

「いや……もう大人だし、あんまかわいそうに思われんのも、それこそこっぱずかしいから。昔の話だし」

「時間の経過は物事の本質とは関係ない」

時の流れがすべてを癒《いや》すなんてうそだと思う。傷口からの出血は止まるかもしれないが、痛みは今や、新の全身に毒となって巡り、人生を縛っている。

「殴る親なんていくらでもいる」

「それも関係ない」

　築は言った。

「この世が殴る親であふれ返っていようと、僕は、灰谷の身の上だけに同情する。生まれる前に親を選《え》り好みしてるなんていう寝言につき合うなら、何でこの家に決めなかったのかと思う」

「お前に譲ったんだよ。覚えてねーの？」

　わざと軽い口調で、新はふざけてみせる。

「じゃあ代わってやればよかった」

　しかし築がそれに乗っかると、思いがけずきっぱりと「いやだ」と返ってきた。

「俺がされてきたような目に、お前が遭うのは絶対にいやだ」

　真昼の空気が静止したように感じられた。カーテンは風をはらんでふくらんだ形に固定され、庭の声はやみ、この世に生きて、呼吸をしているのは自分と新だけになった。一瞬の錯覚に陥りながら、築は嬉しい、と思っていた。嬉しい、これでずっと一緒にいられる。ごく短い、虫の羽のひとふるえほどの、恍惚《こうこつ》だった。しかしノックの音が響くと、世界はたちまち時間を取り戻してしまう。

「あ、どうぞ」

返事をしたのはなぜか新だった。母が扉を開け、一枚のはがきをひらひらかざす。

「築、これ渡すの忘れてたわ。……おしゃべりならリビングでしなさいよ、ベッドの上なんか座って」

小言は無視して「何それ」と尋ねる。

「二次会の招待状ですって」

受け取ると、ブーケの写真に筆記体で「Wedding party」と記されていた。裏面には簡単なあいさつと、日時と会場の地図、幹事の連絡先。「有田香子《ありたきょうこ》」という新婦の名前に、かろうじて覚えがあった。

「わざわざ実家に送ってくるようなお友達なんかいたっけ？　って卒業アルバム見返しちゃったわ。有田さんっていたわよね。背の高い、はきはきした女の子」

築はカードの両面を代わる代わる眺めて「何で今さらこんなもの」とつぶやいた。

「同級生全員に送ってるのかもよ。築、もう帰るんでしょう？　タクシー呼ぶ？」

「いい、電車で帰る」

「そう。灰谷くん、また遊びにいらしてね」

「はい、きょうは本当にごちそうさまでした。すいません俺、手ぶらで図々《ずうずう》しくきちゃって……」

「いいのよ、よかったらお店の方にも顔を出してちょうだい。割引するわ」

「え、ほんとですか?」

よしなよ、と築は止めた。

「割り引かれたところで、五万のシャツとか三十万のソファーとか平気で売りつけるんだから」

「いいじゃないの」

母は平然としている。

「結婚のご予定は? 新婚さんにぴったりな家具もたくさんあるわ」

「よせよ」

つい、険のある声が出た。

「きょう会った人間にする質問じゃない」

気まずくなった空気を振り払うように新が「なかなか出会いがなくて」と笑って、何とかその場は納まった。あら、誰か紹介するわよ、なんて言い出したらどうしようかと思ったが、母もさすがに心得たもので、それ以上突っ込んでこなかった。門の前で見送られて、新は何度も振り返っては手を振った。

「さっきの二次会、行くの?」

「行くわけないだろ」

「そうかな」

あれ、とでも言いたげにすこし首をひねる。

「何だよ」

「差出人見た時、築がちょっと『あっ』て顔したから、仲良かったりしたのかなって」

いやなところで洞察力を発揮してくれる。

「不快な記憶がよみがえった」

香子は、小学校五、六年の時のクラスメートだった。母が語ったように彼女はその当時男子より長身で、頭もよく口も達者だった。要はクラスにひとりふたりいる、第二次性徴がちょっと早くきた部類の少女で、大人っぽい上にドッジボールも五十メートル走も男にひけを取らなかったものだから、当然誰からも一目置かれる。だからといって強権を発動するような性格ではなく、面倒見のいいお姉さんタイプだった。

それが築に対してだけ違っていて、香子はことあるごとに突っかかってきた。グループ研究の話し合いで発言しないと「ちゃんと聞いてよ」と怒り、二重跳びができないでいると「まじめにやらないからだよ」と責めた。何だこいつ、と思って無視していたが、ある日、あれはどうしてだったんだろう。自分は自分で機嫌の悪い日だったのかもしれない。

――ほんとに葛井って、やる気なくて、見てていらいらする!

いつものように築を見下ろして言い放った言葉に、初めて反論したのだった。

うるせーよ、と。

――いらいらするならほっとけばいいのに。僕は有田さんのことを見たくもない。口にしてから、何倍もの反論を予想したが、香子は顔を真っ赤にして立ち尽くしたかと思うと、くるりときびすを返してしまった。後ろ姿だったけれど、手で目をこする仕草を、確かに見た。葛井サイアクー、と他の女どもからは言われた。男からはなぜかこっそり「やったな」と賞賛された。どっちも迷惑だった。

やりこめるつもりなんてなかった。ただ構わないでいてほしかっただけだ。だから、香子が突然泣いたという異常事態にも何ら良心の呵責《かしゃく》は感じなかった。担任に告げ口されて終わりの会が長引いたらうざいな、とは思っていた。しかし危惧に反して何事もなくその日は終わり、翌日以降、香子は築に一切接触してこなくなった。そのまま小学校を卒業し、中学校の三年間も没交渉だったのに、まさか今更あっちからこんなものをよこしてくるとは。

「何だ、それってお前のこと好きだったんじゃん」

一部始終を話すと、新は呆《あき》れ顔だった。

「うん」

そう、後々になって分かった。とても幼くてベタな「愛情の裏返し」だったんだと。

「気を引きたくてちょっかいかけてたんだろ、いじらしいよ」

「そんな心情を斟酌《しんしゃく》できるほどこっちも大人じゃなかったからね」

あの時、気持ちを察したところで対応は変わらなかっただろうし。

「何で二次会に呼ぼうと思ったんだろう。復讐《ふくしゅう》？」

「違うだろー。純粋にきてほしかったんだと思うよ」

「どうかな」

母が言うように他に呼ばれた同級生がいるのかどうか、気軽に確かめられる相手もいないし。

「かわいいじゃん、初恋の人と再会したいって」

「楽天的だなあ」

それならもうすこし、自分についても甘い見通しをしてみたらどうだと思う。

「いつだって？　二次会」

「十一月の終わり」

「行けよ」

「やだよ」

何言ってんの、と築は露骨にうんざりしてやる。

「退屈と苦痛が分かりきってる時間の空費に金払うなんてどんなマゾだよ」

「俺が代わりに行きたいぐらいだけど」

「何で」

「築を好きになる女の子って興味がある」

「ああ、かなりの好事家《こうずか》だよね」

「何言ってんだ違うよ」

手のひらでごく軽く頭を押される。びっくりして築は、飛びすさるように距離を取ってしまう。触られた。それが何？　でも、こんなに。皮膚をまとっていない心臓が、ぴりっと裂けて破けそうな動揺。

「あ、ごめん痛かった？」

痛いわけがない、卵をくるむようにそっと沿わされた手のかたち。何も考えてなさそうな新の反応にまた胸が疼《うず》いた。

「何の話してたんだっけ？　二次会か——俺は、小学生にして築に惚れるような女の子は見る目があるなって言いたかったの。だからどんな子か見てみたい」

行ってみろよ、と尚《なお》も繰り返す。

「絶対そんな、腹黒いこと考えてないから」

「何で分かるんだよ」

「お前のこと好きなんだから」

全身の血の流れが一瞬、止まった。でも香子の話だと気づくとまた元通りに巡り始める。どうかしてる。早とちりにしたってありえないだろう。どうして、主語が「新」だなんて思ってしまえたのか。頭じゃなくて腹の中で、恥ずかしさとも怒りともつかない、感情の粒がじゃりじゃり渦巻いてはこすれ合った。不快な摩擦が築の声をざらつかせる。

「うるさいな」

アスファルトに落ちる自分の影だけ見て、言った。

「行きたくないって言ってるだろ、しつこい」

「……ごめん」

いつもと違う何かを感じ取ったのか、新の謝罪は真剣だった。電車に乗った後も、一言も口をきかなかった。それでも、隣に座ってくる新に何を思えばいいのか分からなかった。嬉しいような気もしたし、この停滞した空気を家まで伴うのはひどく憂うつでもあった。

じゃあ、こちらから何か言うべきなのだろうか。ごめんとか言いすぎたとか？　でもそんなこと思ってない。新は自分に謝るべきだし、自分は言いすぎてなど、いない。いつもよりいっそう、築の思考は頑《かたく》なだった。どうにかしてそれをふやかすすべが見つからない。こんなふうに並んでいるのはいやなのに。向かいのシートは空いていた。でも顔を上げ、窓に映る自分と、新の顔を確かめる勇気はなかった。

駅に着くと、築はさっと立ち上がり改札に向かう。その数歩後ろを新が追いつくでも追い抜くでもない歩調でついてくる。こういう気まずさは経験がない。我関せずで、人の顔色など見ないで、同様に人から機嫌を伺われるほどでもない存在として、自由に過ごしてきたはずなのに、何をもやもやしているんだろう。

「築」

線路の側を歩いていると、後ろから名前を呼ばれた。じわっと身体が熱を持つ。怖い。何を言われるのか分からない。だから足を早めた。ああ、余計悪化するじゃん。頭を抱えたい気持ちが更に速度を上げさせる。こんなどうでもいいことで疎遠になれるものなのか。それなら最初っから近づかなきゃよかった。知りたくもなかった。こんな気持ち。

こんな気持ちって？

「築」

さっきより大きな声で呼び止めて、手首をつかんだ。今度はその場所から指先にかけてずしりと重くなった感じがして、振り払えなかった。

「築、こっち向いて」

こんなに怖いのに、築はその声に逆らえない。ゆっくりと振り返り、目を見張った。新の顔に、帰る時なかったはずの、傷痕みたいな線が斜めに交差している。

「――あらた」

空いた右手で新の腕をつかみ返す。

「え、どした？」

当の本人はきょとんとしている。よくよく見れば、線路脇のフェンスの影が、そのまま顔に落ちているだけだった。

「顔が、怪我したみたいに見えて」

そんなわけがない。ずっと一緒にいたのだから。でも新が、築がうつむいている間に、誰かに傷つけられたんだと、とっさに思った。だから自分のせいで傷ついたと思ってたまらなく悲しかったのだった。わあっと叫んで泣き出したいほど。あまり激しい喜怒哀楽を知らない築にそれはいっそ劇物のようで、身体じゅうが麻痺するような感覚からなかなか抜け出せない。

「あー、影ね。お前の顔も網目になってるよ」

新は笑ったが、築が笑わないのでちょっと困ったように笑顔を引っ込めた。自分が今、とてもおかしな態度を取っていることぐらいは分かるのだけれど、混乱は度し難かった。新は何も言わなかった。どうしたんだよとか、人に見られるよとか。ただ、じっと立って待っていた。築の心がぴったり外界と嚙《か》み合うまで。

そして静かに「帰ろう」と告げた。

「うん」

どこまで分かってるんだろう、新は。どこまで、何を。

そのまま、互いの家の前で別れるまで、また一言もしゃべらなかったけれど、静かな、穏やかな心持ちだった。蚕のように蓄えるべきものを蓄え、次のプロセスに進むためひたすら眠る時があるとしたら、こんな心境なのかもしれないと思った。

部屋に帰るとどっと疲れが出て、すぐベッドに入った。夢も見ない遮断の果てに、電話の着信で起こされる。

「……もしもし」

『築？　寝てた？　ごめん』

部屋の中は真っ暗だった。ヘッドボードのデジタル時計が午後九時を表示している。ずいぶんと長く眠ったものだ。

「どうしたの」

『窓の外見て』

早く早くとせっつく声に、まだ横たわっていたい身体を無理やり起こし、カーテンを開ける。

新が何を見せたかったのかはすぐ分かった。向かい合う二棟のマンションのちょうど真ん中に、丸い月が出ている。携帯を持った新も見える。嬉しげに上方を指差していた。

『すごい満月だろ？』

「うん」

月光は鈍く、やわらかだった。もったいない、と築は言う。

『何が？』

「地上の明かりが。この辺真っ暗だったら、もっとすごいんだろうな、月明かりが」

『俺はこのくらいでいいよ』

新がかぶりを振る。電話で話しながら、相手の唇の動きも、仕草も見えるっていうのは奇妙な感じだ。

『みんな、家から月を見てんのかなって思えるから。人のいない空のほうが明るすぎるのは、寂しい』

「灰谷は寂しがり屋だよね」

『うん、そう』

あっさりと認めた。

『だからもっと構って』

バカだな、と答えて、築は笑った。そんな台詞を惜しげもなく吐いてしまう新はほんとうにバカだ。そして自分は、もっと。目の前にして話しながら、新は遠かった。遠くの窓、絶対に辿り着けないと最初から分かりきっている窓。見えても、声が届いても。

自分もまた、新と同じないものねだりに囚《とら》われてしまったのを、ようやくはっきり自覚した。築は新を、好きになってしまった。

「もう寝るよ、おやすみ」

『うん。きょう楽しかったな。またどっか行こう』
新の屈託のなさが、苦しい。僕は楽しくなかった。驚いたり焦ったり怒ったり、自分を取り繕うこともできなくて、ぼろぼろと、薄皮が剝がれるような失態を。新の言葉が本心なら、一度だって同じ気持ちにはならなかったということだ。カーテンの合わせ目に背中を預けると、そのままずるずる座り込む。男を好きになってしまった、というてんまつを頭が処理しきれない。

新が好きか？　たぶん。新とずっと一緒にいたいか？　うん。新と性的な行為に及びたいか？　分からない。新がそれを望んだら？　ありえない。まどかが憎いか？　そうでもない。新に気持ちを伝えたいか？　絶対に言いたくない。

手に入らないならせめて、新がひとりでいてほしいと思うか？　……分からない。

つぶさに考えを整理してみれば、これが恋愛感情と言えるものかどうかも怪しい。今まで誰かを、特別に想った経験もない。でも築は、自分の気持ちをみじんも疑わなかった。好きだ、と思った瞬間、かたちもなく胸を塞《ふさ》いでいた霧のような苦しさは晴れたのだから。ずっと遠くの、窓の灯しか見えなかったとしても。

男の同性愛指向には兄の存在が関係している、という仮説があったはずだ。兄がひとり増えると、同性愛者になる確率は三割増すとか何とか。ならば簗に兄がいなければ、新を好きにならなかっただろうか。そんなバカな、と思う。でも否定しきれない自分もいる。新のジレンマはもっと深く重いだろう。

蚕は五齢になると、異常かと危ぶむ程の食欲を見せた。人間で言えば食べ盛りの思春期、にしても半端じゃなかった。幼虫のうちに摂取する桑の大方はこの時期らしい。頭から胸の節にかけてがぽこりと出っ張り、体長も十センチ近くにまで成長した。飽きもせず、ただひたすらに食べ続ける。一度、社長が見に来て「育ったもんだなあ」とのんきに感心していた。背中の中心には一本、背脈管が通っていて、黒っぽい体液が流れているのがよく分かる。

そして一週間、暴食（人の目には）を続けて肥《ふと》った蚕は、今度はうそのようにぱったりと桑の葉に見向きもしなくなった。体はうっすらと山吹色っぽい照りを帯びる。子ども時代は、終わりだ。熟蚕《じゅくさん》を迎えたのだ。体表は絹糸腺に詰まった絹の成分でこんな色になっている。月が満ちた、吐き出したいと。溜め込み続けたエネルギーを。黒かったものが白くなり、今度は黄色がかって、吐き出す糸は白。何て謎めいた生き物だろうか。

簗は準備をする。蚕たちが繭を紡ぐための支度。あらかじめ目星をつけて取っておいた菓子箱（たぶん誰かの旅行土産）に、部屋を作る。切り込みを入れた厚紙を縦横に組み合わせ、三×四センチ程度に四角く区切る。碁盤の目状のそれは蔟《まぶし》といって、こういう場所がないと営繭《えいけん》しない。どういうこだわりか、気に入らないところには入らないらしいから、一応十二のマス目をこしらえておいた。蚕は待ちかねているとばかりに頭部をもたげては芸をするように右へ左へと傾《かし》いでみせる。細い糸がケースの角でふわふわ揺れている時もある。

もうちょっとだから、と思わず声をかけてしまって自分に当惑する。分かるはずもないのに。たかだか一ヵ月余りで情が湧くなんて、案外単純な性格だ。そして、新と知り合ってからの時間もそう変わらないことに気づき、苦笑した。あっという間に友達をはみ出してしまった。最初はうっとおしかった。それから何だこいつと驚いたり、いらつかされたり、ペースに巻き込まれて面倒で、新の部屋に張ってある色の移り変わりみたいに、どこで特別な気持ちが芽生えたのか、境目は判然としない。でも新はいいやつで。初めて出会った時からずっと。

金曜の夜、築は蚕をティッシュの箱に移した。口はセロテープでふさぎ、空気穴を空けておく。そして手作りの蔟と一緒に紙袋に入れて、会社から持ち出す。もう食べる音は立てないし、月曜日にまた持ってくれば心配ないだろう。どうせ築しか構っていない。築の小指ほどの大きさに成長した蚕たちを膝の上に載せて電車に揺られながら、新のつくった指を思い出した。まどかの耳は、もう完成したのだろうか。

家の前で見上げれば、新の部屋には明かりがついていた。約束もしていなかったけれどどちょうどよかった。カーテンを引くと新はテレビを観ていた。ひとりの、素の姿を見てしまうと、それが何らやましい場面でなくとも後ろめたくなってしまう。この背徳感が快楽に転化されると人は覗《のぞ》きなんていう行為に及ぶのだろうか。築は携帯を取り出し、コールする。目の前で相手が、お、と着信に気づいて、それからこっちを見る。一連の動きは無声映画みたいで何だかおかしかった。

『お疲れ。今帰ったとこ？』

「うん。ちょっと見せたいものがあるから行っていい？　こっちにきてくれてもいいけど」

『AV？』

「違うけど、これはこれで面白いと思う」

『まじで？　じゃあすぐ行く』

電話を切り、テレビを切り、携帯と財布を持って身支度するようすがライブで分かる。電気を消す寸前、築に手を振った。ほどなくしてチャイムの音が聞こえる。

「なになに、何見してくれんの？」

靴を脱ぐのももどかしいような期待ぶりに笑ってしまう。好きだ、と認識すると、ああこういう自分にない素直さや無邪気さに惹《ひ》かれた、とひとつひとつが見えてくる。そしてまた好きになる。

「これ」

雑誌やＡｍａｚｏｎの空箱を適当に積んで台にすると、その上に蔟を置き、ティッシュケースの封を開けた。蚕を見て新が「おお」と声を上げる。

「今から、上蔟《じょうぞく》っていうんだけど、この仕切りの中に蚕を入れると繭を作るんだ」

なあんだ、とがっかりされたらどうしようかと思ったが、新は「すげーな」と目を輝かせた。ティッシュケースの中に手を入れると、わざわざ捕まえずとも蚕は寄ってくる。

「懐かれてんな」

「違うよ。野生の本能がもうないから、人間は怖がるべきものだっていうことすら分からないんだ」

蔟の、部屋の中に適当に放り込むと、最初は落ち着きなくうごうごとあっちこっち、行ったりきたりしていたが、やがてそれぞれがそれぞれの場所に、落ち着いた。

「ヤドカリが貝を選ぶようなもんかな」と新が言う。蚕は身体の半分ほどを立て、壁の部分に糸を吐き始めた。白い、か細い、光の筋がひとつ、またひとつ。お前らこんなに勤勉だったのか、と目を見張る勢いでこつこつと、着々と。誰に教えられたわけでもないだろうに。四隅をうまく利用して足場を作っていくさまを眺めて新が「丈夫な糸だな」と感心する。

「セリシンっていうたんぱく質を出してるんだ。接着剤みたいなもの」

「便利にできてんだなー」

家に帰り着いたのは午後十時ごろだったが、蔟にうっすらとくもの巣みたいな糸が張り巡らされる頃にはもう二時を回っていた。それでもまだ、自らを包む繭を紡ぐための、いわばベッド作りの段階に過ぎない。営繭が完成するまでには二、三日かかる。蚕は休まず糸を吐き続け、胸脚、腹脚、尾脚を総動員して作業を進めていた。頭をSの字に振る、吐糸の動作はなかなかダイナミックで、携帯のムービーに収めながら築は「この前、キュリー夫人の伝記読み返してたんだけど」と言った。

「キュリー夫人、分かる？」

「昔にノーベル賞取った人」

「そうそう」

ラジウムとポロニウムの発見者。

「娘が蚕を飼ってた時期があるらしくて、手紙にそのことが書いてあるんだよね。蚕はまじめだとか、私より手際がいいとか」

「うん」

「糸を作る蚕みたいに、私たち人間も、『何で？』とか『何のために？』とか考えずに、自分の一生を全うできたらいいのに、っていうようなことが、書いてあった」

蔟を見下ろしながら新は「難しい」とぽつりと言った。

「何をどうしたら『全う』したことになるのかが分かんねーもん。そりゃ、ノーベル賞でももらったら、俺の人生このためだった、って思えるかもしんないけど」

「でも結局、キュリー夫人だって自分が見つけたラジウムの放射線にやられて死んだって言われてるし。それでも本人は、悔いはなかったのかな？」

ラジウムの放つ青い光に魅《み》せられた時、そんな未来を想像もしなかっただろうに。

「築にとっての『全う』って何？」

「自殺せずに生ききったら、とりあえずそう言っていいんじゃないの」

「激しいな……」

「種としての話をするなら、やっぱり繁殖だと思う」

「じゃあ俺たち、今んとこアウトだな」

「そうだね」

新の指に、青い塗料がついていた。指摘すると「仕事用のだから落ちにくくって」と爪で引っかいてみせた。

「『きつねの窓』って読んだことない？」

「ない」

「指につゆくさの青い汁を塗ってさ、こう……」

両手の親指と人差し指で直角を作り、組み合わせて四角にしてみせる。カメラマンがやるみたいに。

「この、指の窓の中に、昔の、楽しい思い出が映し出されるっていうの。築は見たい？」

「別にいらない」

「いっぱい写真で残ってるもんな」

「そういう意味じゃないよ」

「俺はちょっと欲しい」

「何で」

「忘れてることがあるから」

「普通忘れていくよ」

「そうじゃなくてさ」

新の横顔がやるせないかげりを帯びて、築はその続きを聞きたくないと思う。何もしてやれないから。でも聞きたいとも思う。何もしてやれなくても。

「俺の中で、最大にやベーって思った記憶って、頭からストーブの灯油かけられた時なのな、父親に。それで、ライター持って追いかけてくるから、必死で逃げたんだよ。それは覚えてる。今でも夢に見る。でも、その後がぷつっと飛んでて、次の場面ではもう病院にいて、眼球の洗滌とかしてもらってて……何であいうことになっちゃって、どうやって助かったのか分かんないんだ。ひょっとしたら全部夢で、俺がそれを現実の経験だって錯覚してんのかもしんない」

「……お母さんに訊いてみたら？」

「今さら蒸し返せねーよ。おふくろ泣いちゃうもん」

「いやな記憶をわざわざ取り戻してどうするつもり？」

「どうもしない。ただ知りたい。虫食いになってるところ……そうしないと、いつまでも俺は負け続けるような気がして」

バカ、と築の声はすこしきつくなる。

「全部忘れて、知らん顔で幸せになるのが最高の勝ちに決まってる」

それぐらい、言われなくても分かっているだろう。でも分かっていても、言わなきゃいけないと思った。

「そうだなあ」と新は、他人事《ひとごと》みたいなつぶやきを洩《も》らす。新に足りないのは何だろう。もう一押しのきっかけなのか、時間なのか。その時がこないと、羽化は果たされない。

蚕が、自ら張った糸を、下から頭部でぐいぐい突き上げた。

「おお？」

激しい動きだった。蔟の、紙でできた壁がぐっと内側にたわみ、新鮮な糸がぱりぱり乾いた音を立てる。

「壊れちゃうじゃん。せっかく作ってんのに」

「いや、足場がちゃんとしてるか確かめてるんだと思う」

「あー、セルフテストってこと？　賢いなあ」

お前らすげーな、と当たり前みたいに声をかけてから、ふと「この後どうすんの？」と訊いた。

「羽化させて、雌雄混ざってたら交尾させずに隔離するよ。卵生ませてまた一から育てて、っていうのはさすがに無理だから」

「そっか」

全うできないのか、と思ったんだろう。でも言わなかった。すこしずつ、すこしずつ濃くなる繭をふたりで眺めた。繁殖できずに死んでいく。それは築も同じだ。でも人間なので、種としての幸不幸と個としての幸不幸は必ずしも同じじゃない。何を成すこともない、同じ染色体の雄同士でつるんで、満ち足りている。

蚕の吐く、綿菓子みたいなか細い糸がふわふわ伸びて、自分たちまでを一緒に取り囲むように思えた。白く輝く繭にすっぽり包まれて、雨風や寒さから守られ憂いも悪夢もなく、深い眠りに落ちる。短い死だ。そうして新しい生を得て外界に出る時は違う自分になって、すべてを忘れている。新がそんなふうに生きられればいいのに。

目が覚めると、当然、何にも覆われてやしなかった。明け方まではじっと、営繭をリアルタイムで観賞していたのだけれど、ふたりそろって力尽きたらしい。ベッドにもたれて座ったまま、頭を預け合うようにして眠っていた。灰谷、と呼ぶと新はすぐ反応して「腰いてー」と呻《うめ》いた。無理な体勢だったので、築も全身がだるい。

「築さあ、瞬時に落ちるじゃん。こないだもそうだったんだけど、黙ってるだけで起きてんだろうなと思ってたら、寝てんの。こと切れるように」

「灰谷に言われたくない」

「またベッドに連れてくかって思ったんだけど、前やな顔されたからさー」

「してないよ」

築は身体ごと新から背けた。頬のあたりに血が昇るのが分かったからだ。何の望みもないと分かっていても、一挙手一投足に心が騒ぐのは、抑えられないものらしい。自分がままならないもどかしさはそれでも嫌悪とはほど遠かった。みっともない醜態のはずなのに。

「お、すげえ。進展してる」

蔟の中では、まだもやもやとして薄い、それでもちゃんと卵形をした繭ができていた。

「俺らが寝てる間にもせっせと作ってたんだなー」

中心で蚕が動いているのが、まだうっすらと分かる。これから更に何層にも糸を吐き、自前のカプセルを強固にしていくのだ。

「これ、あとどのくらいかかんの？」

「週明けぐらいまでかな」

「働き者だなー」

「うん」

そうするために生まれてきて、そういうライフサイクルがインプットされた生き物なんだから、とかつての築なら思っただろう。いちいち人間と照らしてどうこう言うのがおかしい、と。でも、誰かを驚かせるためじゃなく、誰かに賞賛されるためじゃなく、無私の、まっさらの営みには冒しがたい尊さがある。こんなにも人間に蹂躙《じゅうりん》された種が。この努力の報われる未来を与えてやれないが、無事な羽化を、祈りたくなる。

「腹減ったな」

新が唐突に真顔で言い出して、築は「何だよ」と苦笑する。

「いや、減らない？　今何時？」

「十時半」

「駅前の喫茶店のモーニング、ギリ間に合うな。行こう」

連れ立ってマンションを出る。秋の空はいつの間にか高く、遠い。うっすらたなびく雲は未完成の繭のようだった。新も同じことを連想していたのか、「蚕って、天の虫って書くんだな」。

そして上から下へと視線を移し、言った。

「最近、築よく笑うな」

「……そうかな」

「うん」

新こそがにこにこと楽しげで、また目を合わせられない気持ちになる。

「別に、意識して仏頂面《ぶっちょうづら》なんじゃないよ」

「知ってる。うそ笑いしないってことだろ」

だから嬉しいんだ、と新はいっそう笑った。土曜の朝。休みは始まったばかりで、いい天気で、風は涼しいけれど陽射しのおかげで寒くはない。空《す》きっ腹《ぱら》を抱えて歩く、何の変哲もない町。きれいでもにぎやかでもない。板金塗装の小さな工場や、看板が日焼けしきってほとんど読めない畳屋のシャッターは下りている。空き地に「好評分譲中」ののぼり。新の髪が風に、すこし泳ぐ。何でもない、どうでもいい景色。でも築はなぜか強く、覚えておこう、と思った。きょうの、今の、この空気、温度、見えるものも聞こえる音も全部、忘れないでいよう。青い窓なんかなくても。新が忘れてしまっても。幸せだから、今、確かに。何ひとつ触れ合わずに歩くこの道のりが。新しい眼をもらったように、まだ青さの残るいちょうも、淡い雲も、遠くの避雷針がきらめいているのも、美しかった。夏の強烈な太陽をすりつぶして混ぜ込んでしまったみたいに秋は、空全体が輝いている。

バタートーストとゆで卵の載った皿が運ばれてくると、築は尋ねた。

「耳、できたの？」

ウェイトレスがぎょっと盆を持ち直す。しまった、早すぎたな。

「何だよ急に」

「パン見たら思い出して」

「ああ……」

四隅は最初から切り落とされていて、あの固い端っこが結構好きなのでちょっと不満だった。

「難しい」と卵の殻を剝《む》きながら新が答える。

「すでに人工の耳がついてるからさ、その上にかぶせるかたちで作んなきゃだから、厚さとかの調整が」

それ以上話さなくなった。口は食べるためだけに働いている。また何か考え込んでいるのだろう。築も黙って、端っこをホチキスで留められた新聞を読む。

皿の上も、カップの中も、空になった後、ようやく口を開いた。

「結婚の話、駄目になるかもしんないって」

「え？」

「相手の……親のほうが、耳のこと、知らなかったらしいんだよ。そんで、打ち明けたら、急に猛反対し始めたって。生まれてくる孫に耳がなかったらどうしてくれるんだって、言われたみたい」

皿の上でドーム状に残った卵の殻を指先でぱりぱり押し潰《つぶ》す。

「せっかく最近、明るくなってきてたのに、会ったばっかりの頃に完全に戻っちゃった。正直、何て声掛けていいのかも分からん」

そしてグラスのお冷やを飲み干すと、取りなすように明るい口調で「行こっか」と立ち上がる。

「俺、あした会社行かなきゃなんだけど、夜、もっかい繭見に行っていい？」

「うん」

土日の間に、繭は着々と膨らんでいった。カーテンを閉め切った部屋でそれを見ながら、築は考え続けた。自分について。新について。まどかについて。蚕について。人が、生まれ変わるということについて。自分にできることは何だ。自分がやるべきことは何だ。机の上には二次会のはがきと、築のＤＮＡ検査のプリントアウトが置いてある。


「できてる？」

日曜の夜、新は約束通り仕事帰りにやってきた。

「上がって」

「お邪魔しまーす……おお、繭だ」

しっかりと足場糸に支えられ、蔟の中で卵形の繭玉が浮かぶように形成されている。

「いつまでこん中にいんの？」

「繭ができてから二、三日で蛹《さなぎ》になって。それから二週間ぐらいかな、羽化まで」

「結構かかるんだなー」

「灰谷」

「ん？」

「まどかさんのこと、どうするの」

「どうって……」

新は戸惑いに唇を尖《とが》らせる。

「ただの外野なのに、何もできねーよ。向こうからヘルプ求められたらいくらでも力になりたいけどさ」

「外野でいるのは、灰谷が内側に行こうとしないからじゃん」

「なこと言われても……何だよお前、きょうちょっと変だぞ」

「変なのは灰谷だよ」

築はうすく笑ってみせた。うそ笑いだ。

「せっかくのチャンスなのに、指くわえておろおろしてるだけだなんてさ」

「は……？」

新の顔が一気に強張った。

「お前今、なんつった？」

「チャンスだよ。そうだろ？　相手の男が自分から降りてくれるんだから。奪っちゃえばいいじゃん。彼女が傷心なら尚更」

「おい！」

お前ほんとにおかしいぞ、と立ち上がる。

「歯に衣《きぬ》着せない性格だけど、そんなこと言うやつじゃないだろ？」

「そんなことって何？　僕はそんなおかしい発言してる？　敵失はチャンスに決まってる」

「さっきからチャンスとか降りるとか、ゲームじゃねんだよ！」

「分かってるよ」

築は敢《あ》えて小馬鹿にしたように受け流す。新が冷静さを欠くほどこの後の話がしやすい。

「生身の人間だ、まどかさんも……灰谷も。だから言うんだ。今、あの人の気持ちがいちばん分かるのは灰谷じゃないの？　自分自身がひとつも悪くないのに、遺伝子なんてものに縛られて、我慢しなきゃならない。まどかさんと灰谷は、同じだろ」

虚脱したような瞳が激しい混乱に揺れているのが分かる。

新が好きだ。誰より好きだ。だから築は、新のちいさな夢を叶《かな》えてやると決めた。新がま

どかに、そうしてやりたいと思ったように。

明かりの灯《とも》るちいさな窓を。

遠くなんかない。すぐ目の前にあるよ。

たったの一歩でいいんだ。

「何で言ってあげないの？　俺ならそんなこと気にしないって。絶対、どんなことがあっても幸せにするって。好きになるって、そのぐらいの気持ちだろ？　俺は駄目だ、そんな権利ないってうじうじした思い込み後生大事に抱えてずっとひとりで生きてくつもり？」

「……築には分からない」

「あー分かんねーよ」

ぞんざいに言い放った。

「何不自由ない家に育ったもん。理不尽な暴力受けたことなんかないもん。分かるもんか」

早口でまくし立てる築を、新は呆然《ぼうぜん》と見ている。自分でもどこまでが計算でどこからが本気なのか分からなくなってきた。

「けどな」

新の胸ぐらをつかむ。黒い瞳が間近く、そこに映る自分の像は眼球の湾曲に沿って歪んでいた。

「僕にだって、好きなやつぐらいいるんだよ。……だから言うんだ」

「え」

手を離し、あらかじめ机の上に用意してあった封筒を取る。中には小ぶりの試験管に、蓋《ふた》のついたマウスピースみたいなものがくっついた器具が入っている。

「試してみる？」

「……何を？」

面食らいっ放しの新は、のろい瞬《まばた》きを繰り返すばかりだ。軽いパニック、今ならうそも通るだろう。絶対にこれだけは、見透かされない自信がある。新のためのうそだから。

「知りたいんだろ、自分の遺伝子を。解析してくれる機関があるんだ。個人の暴力性、犯罪傾向、ドラッグにハマりやすいか、反社会的な因子を持っているのか……」

「お前、前にそんなの分からないって」

「表向きの話だよ。もちろん日本じゃない。アメリカの企業が極秘でやってる。一部の関係者か、お得意様しか依頼できない。結婚前の身辺調査の一端で利用する人が多いんだって。家柄、学歴だけじゃなくて遺伝子まで気にする親が最近多いみたいだね。こないだ、観ただろ？　映画の『ガタカ』に現実が近づいてきてる」

「何でお前がそんなもん……」

「大まかには同業だからね。前見せたのと一緒で、うちの会社の社長がコネで検査キットもらってきた。ただ値段が高いし、ひとつで十分だと思ってたからそれは受けずに放ったらかしにしてたけど……灰谷が、秘密厳守で、費用を払ってくれるんなら僕のだってことにして依頼してもいい」

「……高いって？」

「日本円でざっと二十万。端数は負けとくよ」

試験管のゴムキャップを取り出して、軽く振る。

「これに唾液《だえき》入れるだけ。簡単だろ？　勝手に中の薬剤と混ざって密閉される仕組みになってるから。判定がクロなら諦めがつくし、シロなら前に進める。もちろん知るのが怖いっていうならグレーのままでいたらいい。決めるのは灰谷だよ」

封筒ごと押しつけると、ためらいながらも新は、受け取った。

「……今すぐには決められない」

「ゆっくり考えれば」

拒絶しなかった時点で、半分以上こっちの勝ちだと思った。だからわざと悠長に勧めておいた。

新が出て行った後、ドアの鍵を閉めると同時に天井を仰いで深いため息をつく。サイコロは、投げた。パソコンで、封筒に書かれていたアドレスを打ち込む。「Please enter」とパスワードの入力画面が出てくる。新がもしアクセスしてパスワードを訊いてきたら、会社にあると言って時間を稼ぐつもりだった。何しろまだこのページしかできていないのだから。

封筒はプリンターで、実験器具は会社の備品を組み合わせて作った。新に話したような企業など存在しない。昼間のうちに、適当なドメインを取得してサイトの入り口だけをとりあえずでっち上げたおいただけだ。

新は、一気にあれこれ言われてまだ情報を処理しきれていないようではあったが、少なくとも築の話を疑ってはいない。もし何か突っ込まれた時のために、うさんくさい学術論文を見せる用意もしていたのに。遺伝子について素人の新を言い包める自信はあった。後は、頭を冷やして考えた新がどう出るかだけど、これもたぶん、大丈夫。

もっと嫉妬や葛藤《かっとう》に悶《もだ》えるべきだろうか。片思いの相手の背中を思いきり押してしまって。逆の、負の方向に更なるプレッシャーをかけることだってできた。そうすれば、新は一生誰のものにもならない。おかしいな、自己犠牲なんて柄じゃないのに。

凪《な》いだ気持ちだった。かすかな昂揚《こうよう》はある。いたずらを仕込んだ子どもみたいに、わくわくした感じ。不謹慎だろうか。他人の人生を騙《だま》くらかす企みを、始めてしまった。

まどかとうまくいくか、駄目なら他の女と。新ならすぐに見つかるだろう。自分の行いに負い目は全くなかった。新が人を傷つけたり殴ったりするわけがない。分かりきってる。分かりきってるのに後ろばかり見る新に、ほんのすこし荒療治をしてやるだけだ。

何年後になるかは知らないが、いつか新に種明かしをしたら、「何だよ」と笑うだろう。すこし恥ずかしそうに。傍《かたわ》らには新の、家族がいるだろう。築は男だから、新に選ばれる可能性はない。そして築は、自分が男に生まれてよかったと思っている。出会って何ヵ月かの新のために生まれ持った性別を否定してしまうのは、二十数年間自分を育ててくれた両親に申し訳ない。情というより仁義のような感覚だ。

男に生まれてよかった。痴漢とかに遭わないから。新を好きになってよかった。人と食べるごはんや、真夜中だらだら観るＤＶＤや、ただ並んで歩く道のりが楽しいと教えてもらったから。この仕事をやっていてよかった。新のためにできることがあるから。得意な分野を何となく選択し続けた結果の職業に過ぎなかったのに、新が意味をくれる。この先自分に、恋愛なんていう珍事がそうそう起こるとは考えにくいが、二度目、三度目があったとして（そしてそれが成就するという更なるサプライズがあったとして）死ぬ前には他の誰でもなく、新を思い出すだろう。新のために仕掛けたちゃちなペテンを思い出し、それを築の「全う」だったと思うだろう。

月曜の朝、いつもよりだいぶ早く家を出た。

「築」

向かいから声が掛かる。新がベランダから見上ろしていた。高低差があるのでよく分からないが、煮え切らない表情に見える。

「待って」

身を翻したかと思うと、共用廊下の端にある非常階段から下りてくる。起き抜けだったのだろう、トレーナーにジャージ姿で、サンダルの音がぺたんぺたん響く。

「もう行くのか？」

「うん。ラッシュ外さないと、これが潰れちゃうから」

繭の入った紙袋を示す。

「あー……順調？」

「触ってみたらまだやわらかかったけど、たぶん大丈夫じゃないかな」

「そっか」

新は逡巡《しゅんじゅん》するようにトレーナーの袖口《そでぐち》をいじっている。思えば新は、考えごとの時指先を動かしていることが多い。職業柄だろうか。築が観察しているとおもむろにジャージのポケットからくしゃくしゃに折りたたんだ封筒を取り出す。

「きのうの話……頼んでもいいか？」

「もちろん」

もう二、三日悩んでもおかしくないと踏んでいた。具体的なリスクを孕《はら》む時、遺伝子検査には非常な勇気を要する。家族の間でも調べる者と調べない者、選択が割れたりする。腹をくくって向き合うと決めた、それだけで新は大きく前進したのだ。かんじんの道具立てはインチキだけど。

「預かって送っとく」

築は何食わぬ顔でそれを受け取った。

「二週間ぐらいで結果が出ると思う」

「俺、たぶんちんぷんかんぷんだと思うから、築も見てくれないか」

「灰谷が気にならないなら」

若干遠慮がちに答えたが、これも想定内。

「頼む。あ、金、今持ってないけど」

「いつでもいいよ」

二十万、と振っかけたのは、多少物理的なハードルがあるほうが、却《かえ》って腹をくくりやすいし、信憑性《しんぴょうせい》が増すと思ったからだ。将来的に、祝儀に上乗せするとかして返すつもりだった。

「結果が出たら連絡する」

「うん、ありがとう」

会話は終わったのに新は引き上げるようすもなく留《とど》まって何だかぐずぐずしている。気が変わられては元も子もないので築は「じゃ」と足早に駅へ急いだ。やはり実際にことが動き出すと、ばれるんじゃないかとどきどきしてしまう。でももう引き返せない。仕事の合間を縫ってHTMLの解説書を読み、トップページしか存在しない架空のDNA調査会社の体裁を整えた。大方は、その手の企業のサイトからソースをコピーして、若干の手を加えるだけだ。でっち上げの解析結果を図入りで作り上げ、企業理念やら創業の目的、規約まで打ち込んだ。何も知らずにやってくる人間がいたとして、全部うそっぱちのサイトだとはなかなか思わないだろう。もちろんそんな事態になったら困るからアクセス解析はまめにチェックしたけれど、新が閲覧した形跡はなかった。英語が分からなくてはなから諦めていたか、いっぱいいっぱいで思いつきもしなかったのか。

「お前、最近特に忙しそうだな」

夜、一緒に帰っている時、初鹿野に言われた。

「そう？」

「何となくせかせかしてる。もう蚕の世話って、ほとんどすることないんだろ？」

「うん、まあ、色々と」

まともな答えになっていなかったが、初鹿野は「そうだな」と納得してくれた。

「色々あるよな」

その言葉にふと、初鹿野にも「色々」あるんだろうな、と思った。殆《ほとん》どプライベートを知らないのに、ただ人生をすいすい歩いていきそうな印象だけを勝手に抱《いだ》いていた。

「初鹿野は、結婚式の二次会って出たことある？」

「春ぐらいに総務のやつ結婚しただろ。そん時呼ばれたのが直近かな」

「ふーん。二次会って何すんの？」

適当に乾杯して飲んで食ってしゃべって拍手してビンゴとかする、と要点を抑えたコメントが返ってきた。

「楽しい？」

「んー……面子《メンツ》とか幹事の手腕によるんじゃね？　まあ冠婚葬祭だから、社会人としてのおつき合いの一環だよ。何、呼ばれてんの？」

「ちょっと」

「お前、そういうの行かなそうなのに」

「うん、色々あって」

またかよー、と初鹿野は笑って、でもそれ以上訊いてはこなかった。このぐらいの距離感がちょうどよくて、自分に合っていると思う。踏み込んだお節介をするのもされるのも、新だけがいい。

藺は、当たり前だけどぴくりとも動かない。部屋を暗くして、蔟の下から懐中電灯の光をあててみるとうっすら蛹らしき楕円形《だえんけい》が透けて見える。カブト虫の幼虫を掘り出した、という新の気持ちは分からないでもない。懐中電灯の代わりに発光ダイオードの光で照らすと、ほの白かった繭が、淡い蛍光グリーンに輝き始める。不気味と取るか美しいと取るかは難しいところだが、新は「きれいだな」と言うような気がした。

ひとりきりの、真っ暗なオフィスで机に突っ伏す。やわらかな蛍光はまぶたの裏までは届かない。電車はもうない。今夜はここで泊まりだ。

ここに新がいてくれたら、と思う。会いたい、という気持ちを初めて知った。せっせと仕事や裏工作に励んでいる間は忘れていられるのに。

羽化が近いだろう、と思われる頃になると、蔟から繭を切り離し、別々の箱にしまった。小ぶりな繭が雄、という判別方法に従うなら雄二頭、雌一頭の内訳だ。会社にいないうちに蛾《が》になり、交尾されてしまうと厄介だった。もっとも雌は、交尾しなくても結局産卵はする。燃えるごみとして処分せざるを得ない、それが、有精か無精かでこっちの気楽さが若干違う。要は何もかもが人間の都合だ。成虫は、放っておくと何時間でもつがったままになるので、人の手で離さなければならないのだという。気持ちいいからとか、そういう問題じゃないんだろうな、と思う。

そして隔離してから二日後、朝出勤すると繭の頭の部分がじわりと濡《ぬ》れている。羽化が始まっているのだ。見守っていると、周りの同僚もわらわら集まってきた。気持ち悪がって近づきもしなかったくせに、大胆なメタモルフォーゼは人を惹きつけるものらしい。

「湿ってる」

「ばりばり食い破って出てくるのかと思ってた」

口からコクナーゼを出すんだよ、と築は解説した。

「繭のセリシンを溶かして、繊維をゆるめて出てくるんだって」

この仕組みもゲノムによって定められているのだから、生体ほどシステマチックなものはない。ふやけた繭の層をそっと、頭部が押し開けて出てくる。おお、と歓声が上がる。一時間ほどかかって新しい生命は白く美しい殻を完全に脱し、くしゃくしゃにしおれた葉っぱみたいだった羽も広がった。

「おめでとう、お母さん」と握手を求められる。

「何でだよ……あ、ティッシュ取ってくれない？　あともう離れたほうがいいかも」

「何で？」

「羽化した直後に二回、排泄するから。結構勢いよく飛ぶらしいよ」

「葛井、やっぱお母さんだと思うわ……」

昼までには全部の個体が羽化を果たした。このタイミングにしようと、何となく決めていた。繭から出て、生まれ変わる時。過去は全部脱ぎ捨てて。おあつらえ向きじゃないか。携帯を取り出し、新にメールを打つ。

「心の準備はできてる？」

「……うん」

床の上で開いたノートパソコンを、新は正座して凝視する。解析結果はあらかじめ登録したパソコンからしか閲覧できない、万が一にもよそに洩れたら自分は会社をくびになってしまうからプリントアウトも不可……と何重にも予防線を張った上で部屋に呼び出した。体裁は抜かりなく整えたものの、ちょっと知識のある人間が見ればさすがにでたらめだとばれてしまう。

「じゃあ、やるよ」

見たことないほど緊張した面持ちで頷く新を見たら、初めてすこし、胸が痛んだ。けれどもう引き返すわけにもいかないし、すぐ笑顔に変わる。そう自分に言い聞かせて偽物のサイトにアクセスし、十四桁のパスワードを打ち込む。

「Kizuki Kazurai Male Age30 Asia」のページにジャンプした。何度も動作確認した通り、以前新に見せたのと同じような図やグラフがずらりと羅列してある。これは単なる目くらましだ。それらしく見せるためのデコレーション。

「このへん、概論ていうか、能書きばっかだから飛ばすね」

「うん」

画面をスクロールさせる築を疑いもしない。

「……見て」

「MAOA」という太字にカーソルを合わせる。

「脳の神経伝達に関する酵素を作る遺伝子だよ。これに欠失変異があると残虐性が増したり、犯罪に走ったりする。これはバリアントじゃなくてミューテーションなんだ」

正常な配列の下に、「Kizuki Kazurai」のデータが記されている。両者は完全に一致している——築が作ったのだから当然だ。MAOA 自体は存在するし、犯罪学の世界では有名だけれど、多くの疾病と同様、それだけが決め手にはならない。

「シロだよ」

築は言った。

「灰谷の、遺伝子は少なくとも、人に暴力を振るう性質を受け継いでない」

隣でモニターを覗き込む新を窺う。放心したような横顔が照らされている。もっと分かりやすい安堵《あんど》や喜びを表すだろうと思っていた築はやや不安になり手の甲で肩を軽く叩いた。

「聞いてた？」

「あ、うん……」

「もっと専門的に解説したほうがいい？」

むやみな横文字で煙《けむ》に巻き、過去の例も引きながらもっと冗長に、もっとそれらしく。

「いいよ、絶対分かんないから」

ようやく新らしい顔になった。

「悪い、ぼーっとしちゃって。何だろ、肩の荷が降りたはずなのに、まだあんま実感湧かないつーか、ああ、こんなことで済んだんだ、みたいな。拍子抜けってわけじゃないんだよ」

「二十万も払って損した？」

「それは思わない。頼んでよかった」

ふう、と脚を崩してあぐらをかくと「ありがとう」と言った。

「僕は別に、何もしてない」

「築」

「うん？」

「まどかさんの話、していい？」

「……どうぞ」

さっそくのろけたいんだろうかと思ったけれど、すこしも浮ついたようすなく、新は淡々と話した。写真を整理して一枚一枚、アルバムに張りつけていくように。

母親に連れられて初めてきた時、今までの顧客の中でも群を抜いて暗い雰囲気で、終始うつむいたまま一言も口をきかなかったこと。それでもしぶしぶながら面談にはやってきて、その都度新は、耳のことには一切触れず、天気の話とかお笑い芸人の話とか、くだらない雑談を、壁に向かって語りかけるように続けたこと。何回目かで、新がTシャツを後ろ前に着ている時があって、まどかが初めてかすかに笑ったこと。すこしずつ、心を開いてくれて、いじめられた経験も、「ちゃんと産んであげられなくてごめんなさい」と母に言わせてしまった悲しみも、形成手術が期待通りじゃなかった時の落胆も打ち明けてくれたこと。築は時々頷くだけで、口を挟まず聞いていた。

もっとでれでれ浸られたらたぶん、不愉快になったと思うが、新は一貫してフラットで何のために話しているのか分からないほどだった。

そして帰り際に「あのさ」と言いにくそうに何か切り出したものの、すぐ「やっぱいいや、ごめん」と力なく首を振って出て行った。こっちこそ拍子抜けした気分で、築はパソコンの電源を落とす。まあでも、そう劇的にどうにかなるものでもないか。ベッドに上がるのすら臆劫《おっくう》で、毛布を引きずり下ろすと床で包《くる》まって丸くなった。

夢の中で築は、カーテンを開けて外を見ていた。新の部屋には明かりがついている。新は築に気づいて手を振る。その唇が大きく「さよなら」と動いた。はっと胸をつかれる。何だよ、さよならって何だよ、と叫んでも叫んでも、新はにこにこしたまま手を振るだけだった。

——新！

声を振り絞るのと同時に、細くて白い手が――胴体も顔もない、肘から先だけの――現れて大きな窓の両端から、じゃっとカーテンを閉めた。ああ、カーテン、買ったんだ、もうひとりじゃないから。夢の中の築はそう思っている。白いカーテンに、新と誰かの影が映っている。それは仲睦まじくひとつに重なり、布の曲面の上でゆらゆら揺れたかと思うとにゅうっと縦に大きく伸び、ふたつの黒いひもになり、しゅるりと絡み合った。二重らせん。DNAの。塩基は対になる。A《アデニン》はT《チミン》と、C《シトシン》はG《グアニン》と。染色体も対。みんなそうして生きていく。この世の理。自分はその中に入れない、一本きりの糸。

目が覚めた時、目の周りが濡れているのにびっくりした。やな夢。でも築が望んだ未来。そっとカーテンを開ける。むき出しの窓が真っ黒で、もう新は寝ているらしかった。何だ今頃。自分が情けなくなってそれが悔しくてまた、泣いた。未練か。新の欲しいものは、築が絶対、与えてやれないものなのに。まだ涙のにじむ視界にうすら寂しい街の灯がしみた。

蛾になった蚕はもう世話をする必要もなく（何も食べられないのだから）、蓋つきのシャーレでただもぞもぞと動いたり、触覚や羽をふるわせたりするだけだった。ケースを掃除して葉を取り替えて……という日々が、今となっては懐かしい。「飼い殺し」という言葉がはまりすぎていた。羽化から数日経って、雌の一頭が産卵した。つやつやとした米粒ほどの卵たちは狭いシャーレの中にもかかわらず、重なったりくっついたりすることなく見事なほど均等に配置されていて、母性本能というものの恐ろしさを垣間見た思いだった。ひとつも傷《いた》めないようにポジションを調整しながら産んだのだろう。交尾を経ていない不受精卵、命の宿らない空っぽの卵なのに。

日毎《ひごと》に弱っていく虫の、短い寿命が尽きようかという朝、駅で新と出会った。

「おはよう。何か久しぶりだな」

「僕は時間変えてないけど」

「ああ、ちょっと佳境だったから、最近早朝から工房に詰めてて」

例の件で疑っていて築を避けているんじゃないかというかすかな危惧があったのだが、新のそぶりは至って普通だったから、単純に忙しいだけなのだと胸を撫で下ろした。

「ヤマ場は越えた？」

「何とか」

達成感よりは心配の勝る顔で頷く。

「もうさ、食パン食っててもぎょうざ食ってても耳のことばっか考えてた。夢にも出てくるし」

「どんな？」

「耳の工場、生産ラインがあって、検品してた」

「グロテスクというかシュールというか……」

「作りかけては違う、違うっていうの繰り返しすぎて、そもそも耳ってどんな形だったっけ、てそっから怪しくなったり」

「でもできたんだよね」

「一応……あした見せるんだ。あれ、あしたってひょっとして、お前の二次会もじゃなかった？」

「よく覚えてるな」

「行かねーの？」

行く、とぶっきらぼうに短く答えた。いきなり不機嫌になって新を困らせた時のことを思い出した。どうしてあんなふうに心が荒れたのか、今は分かる。

「健闘を祈る」

「そんなたいそうな用事じゃない。そっちこそだろ」

「気に入ってくれるかどうか分かんないけど」

「大丈夫だよ」

言った。

「灰谷の作ったものなら。身びいきで点数を甘くしてくれるって意味じゃなくて」

新が築を黙って、じっと見た。

「……何だよ」

「築はいつも、俺の欲しい言葉をくれると思った」

「そんなの――」

誰にでも言えるよ、という声は「電車がまいります」のアナウンスにかき消された。車両に押し込められて口を閉ざし、乗り換えの駅で新は「あした、頑張ってくるな」と言った。わざわざ宣言するからには、まどかにとうとう気持ちを打ち明ける決心をしたのだろうと思った。耳を捧げて告白する男なんて前代未聞だろうけれど、悪くない。築は「頑張れ」と笑った。新はふと、物言いたげに唇をうすく開閉させたが、思い直したようにつぐんで「じゃあ」と手を振る。別れのあいさつ。


その晩、シャーレを覗いたら蛾の大きな眼は白く膜がかかったように濁っていた。ああ、終わった。何もしていないけれど、達成感じみたものはあった。二ヵ月とすこし、できるだけのことはやった。誰かに伝えたい気分になって、「訃報」という件名で初鹿野にメールした。返信を期待していたわけではなかったから、電話がかかってきた時には驚いた。初鹿野の飼っている熱帯魚も死んだらしいので、会社近くの公園まで出かけて一緒に埋めた。勝手な埋葬だが、犬猫じゃないしよしとしよう、とふたりで共犯になった。

「春ならな。花でも供えてやれるのに」

桜の木の根本に魚と虫を埋め終えると、初鹿野が枝を見上げてつぶやいた。新も同じことを言いそうだ、と思うと自然に顔が笑ってしまって「何だよ」と訝《いぶか》しがられた。適当にごまかしながら、あしたも同じ顔ができるだろうか、と考えていた。新がまどかに、告白した後。

中学校を卒業して以来だから、十五年ぶりに見る香子は記憶より縮んでいるような気がした。子どもの目線で覚えているからだろうか。かんじんの顔かたちは、面影を見出せるような気はするものの替え玉でも分からないだろうと断言できるほどあやふやだ。会費を払って、やれポラロイドにメッセージを、やれ拍手だ乾杯だご歓談だ、流れ作業でパーティは進行していく。まあ何かしらやることがある、という意味では退屈しない。築にはおしゃべりする相手もいないから立食の会場の隅に並べられた椅子に掛けてぼんやりしていた。司会によればこの後は「お楽しみのゲーム」らしい。ビンゴだったら無視してりゃいいけどもし抽選とかで名前呼ばれたらいやだな、とウーロン茶を飲みながら考えていたら、白いドレスを着たきょうの主役が近づいてくる。

「あの、葛井……くん？」

「こんばんは」

「きょうは来てくれてありがとう」

「こちらこそご招待いただいてどうも。結婚おめでとうございます」

座ったままも失礼か、と思って立ち上がると、やっぱり香子の背はそう高くない。足元は見えないが、おそらくヒールのある靴を履いて、築よりすこし上。

「……こんなに小さかったっけ？」

疑問を率直にぶつけると、香子は「え？」と言ってから緊張のほぐれた顔で笑った。

「ああ、私小学校の時とかでかかったよね。でもあれから全然伸びなかったし」

「そうなんだ」

「あっちに加藤《かとう》くんとか植村《うえむら》くんいるよ」

白い手袋の指先がバーカウンターの人ごみを指したが、築には分からない。ていうか誰だっけ。

「全然覚えてないって顔してる」

「うん」

「葛井くんは変わんないね。相変わらず、どっか超然としてるっていうか」

「社交性がないだけだよ」

築はすこし困ったなと思っていた。新婦が、どういう係累か分からない男と悠長にサシで話しているとどうしても目立ってしまう。

「有馬さんもあっちでしゃべってくれば」となるべくさりげなく仕向けると香子は「うん……」と煮え切らない返事をする。

「きょう、来てくれると思わなかった」

「ああ、ごめん、出席の返事、ぎりぎりになって」

「あ、ううん、そういう意味じゃないの、それは全然いいの」

一拍置いて、香子は思い切ったように「わたし、葛井に嫌われてると思ってたから」と言った。呼び捨てにされると、昔の彼女の、歯切れのいい堂々とした口調がよみがえってくる。

「いやなことばっかりしてたよね」

「愉快じゃなかったと思う出来事がいくつかはある。でも別に今さらどうこう根に持ってないよ」

「あの、私……ばれてたと思うけど……好きだったの。でも、葛井は私に見向きもしなくて、それで、悔しくて……」

「普通に友好的なアプローチをしてくれたらよかったと思うんだけど」

したもん、と香子は控え目に反論した。

「席替えの時、葛井の隣になった子にわざわざ替わってもらったり、下駄箱で会えるように登校時間ずらしたり……」

それを察しろというのは、無理がないか。

「勝手に気持ち押しつけようとして、空回って、逆ギレしちゃって、ほんとにひどいことしたってずっと後悔してたの。だからきょう、もし来てくれたら謝ろうと思ってた。……ごめんなさい」

復讐、というのは築の完全なる邪推だったわけだ。新が「ほらな」と笑う顔が、脳裏に浮かんだ。

「言っただろ、気にしてないよ。それよりひとつ訊いてもいい？」

「なに？」

「あの頃も今も、僕は自分が女性にもてる要素は何ひとつないと思ってるんだけど、一体どこを評価してもらってたんだろう」

「えっ」

香子はなぜか頬を染めた。まさかまだ気持ちが残ってるわけでもないだろうに。

「言わなきゃだめ？」

「言いたくないんならいいけど。そういう奇特な人にこの先あんまりお目にかかれないだろうから知りたい」

「そんなことないよ！　……誰にも言わないでね」

「うん」

「……かわいかったの」

香子は聞き取るのに苦労するほど声をひそめた。

「は？」

「あの頃の葛井って、小柄で、男の子っぽいとこがなくて、すごーく、かわいかったの。だけど全然、おどおどしてなくて、誰にも興味なさそうで、こっち見てくんないかなあってずっと思ってた。それで、意地悪したのは……ほんとごめんね、泣くところが見てみたくて」

「あ、そういう趣味……」

ということはもし、普通に仲良くなっていたとしても最終的には虐《しいた》げられるコースだったのか。どう考えても、見る目があった、というよりは目を付けられた、が正しい。新が聞いたら笑い転げそうだ。

「違うの、ほんと違うの、ほかの男の子にはそういうこと思わなかった！　……葛井だけが、特別だったの。私を見てくれて、でも私がすごいひどいこと言って、それで葛井がぽろぽろ泣いたらどんなにかわいいだろうって思ってた」

子ども特有の嗜虐《しぎゃく》的な独占欲だったのか、もっとどろっとした女の部分での情念だったのか、定かではないが築は、ふしぎといやな気分じゃなかった。そうきたか、と呆れ半分、苦笑半分。歪《ゆが》んだかたちでも、彼女の幼い魂が束《つか》の間《ま》、築を見出して望んだ、それはすごいことだと思うから。

築は尋ねた。

「旦那さんも同じ性癖の人？」

「だから違うんだってば！」

照明が一段まぶしく切り換わり、「今からゲームの時間でーす」とマイクの声が響いた。

『どなたでも結構です、お近くの人とペアを組んでください――』


コートの両ポケットがずっしり重い。色々と想定外だらけの宴会だった。でも帰り際、プチギフトを差し出して見送る香子に「お幸せに」と言ったら嬉しそうに笑っていたのでまあいいか、と思う。土曜の夜の電車はことの外混《こ》んでいた。近隣の沿線で人身事故があって、振り替え輸送をしているらしい。通勤ラッシュと遜《そん》色《しょく》ない具合だった。ついてるんだかついてないんだか、と目を閉じて揺れに身を任せる。

ごそごそと、腰のあたりで不穏な気配がした。人の手が動いている。最初は鍵か携帯でも探っているんだろうと思ったが、一向に収まらないのでぴんときた。何となく朝が活動時間帯、のイメージがあったのだけれど。築はじっとその、何者かの手に意識を集中させる。下手をすればこっちが間違われてしまうので、慎重に。築の右腰の付近で乗客の体を撫《な》で回している。

吊り革につかまっていた手を、そっと離した。服と肉体と持ち物のひしめき合う下界へ。電車がカーブを曲がり、人混みが傾いだ瞬間を狙って滑り込ませ、不心得者の手の甲を鋭くつねり上げた。うっ、と低い呻き声が洩れる。

こっそりとでも咎《とが》められれば引っ込むだろうと思った。しかし相手の反応は予想以上に早く、築が逃れるより前にさっと手首を捕らえ、「何すんだ」と大声で叫んだ。驚いて目を見開くと赤ら顔の男がにらんでいる。明らかにろれつがおかしく、顔色からしても相当酔っ払っているのは確かのようだ。先に相手の人相を確認しなかったことが悔やまれた。

「兄ちゃん、俺に何か文句でもあんのか」

「何のことですか」

しらばっくれることにした。とりあえず行為が止まったのなら目的は果たせたし、わざわざ正面切って糾弾する必要もないだろう。

「とぼけんな、お前、俺の手引っかいただろ」

「知りません。離してください」

柿の腐ったような息のにおいに顔をしかめた。それがますます気に入らなかったらしい。

「なめてんじゃねえぞ、降りろ」

腕をつかまれたまま、停車駅で半ば引きずり降ろされた。周囲ははらはらとした視線をよこしてくるものの、矢面《やおもて》に立とうなんて人間は出てこない。まあそれが普通だよな、と冷静に観察しつつホームで対峙《たいじ》する。密室でねちねち絡まれるよりは安全なので、この状況にはむしろ感謝する。駅員の姿がないかきょろきょろしていると、唐突に頬を張られた。

「どこ見てんだよっ、どいつもこいつも人を馬鹿にしやがって！」

眼鏡が吹っ飛び軽くよろけた。平手だったので痛みは一瞬の熱さに過ぎなかったが、その前触れのなさに驚いてしまった。暴力ってこういうものか、と思った。衝撃よりは屈辱で目がくらむ。こんなにも無造作に、蠅《はえ》を払うように叩かれたこと、自分が「そういうまねをしてもいい人間」として扱われることへの激しい怒り。でもこれを何度も繰り返されたら、どんな感情もすり減っていくだろう。心がぺしゃんこになって「そうされても仕方のない自分」としか思えなくなるだろう。築は新の傷に、初めてほんとうに触れた気がした。

薄い同心円状にできかかっていた人垣を、誰かが割って近づいてくる。

「築！」

裸眼でも間違いようがない。新が男の肩に手をかける。もう片方の手は後方に振りかぶられていて、築はいけない、と思った。新に人を殴らせたりしてはいけない。絶対に。痴漢だろうと酔っ払いだろうと人殺しだろうと。自分は、新を守らなくてはいけない。火花の閃《ひらめ》く、一瞬の直感だった。思考回路がばちばちそこだけ太く発電したような気がする。

ポケットに両手を突っ込んで、中のものを勢いよく空中に放った。半径一メートルのエリアの時間が、一瞬止まる——宙を舞う、大量の千円札以外は。

引き絞られた静寂がざわめきに転化されると同時に築は駆け出し、新の手を取って改札へと走り出した。「あっ」とか「おい」とか聞こえたが、無視して人の間をすり抜ける。視界不良は気にならなかった。ものすごくいい気分だった。全力疾走なんて何年ぶりか分からないから足がもつれそうになったが、走るのってこんなに気持ちよかったんだな、と思った。

「築！」

すぐ後ろで新が叫ぶ。

「いいから、早く」

強く手を握って、改札を抜けてもまだ、築は走り続けた。同じぐらいの強さで握り返して新もついてくる。


五百メートル以上は走ったと思う。駅をすっかり離れ、せせこましい公園が目の前に見えてようやくスピードを緩める。ベンチになだれ落ちてぜえぜえ息をついた。

「築」

「待って」

今はとてもしゃべれない、とジェスチャーで示し、数メートル先の自販機を指差した。水分をくれ。

「お茶でいい？」

せわしなく肩を上下させながら頷くと、新はさして疲れたようすもなく平然と歩いていく。むかつく。呼吸の合間にペットボトルに口をつけ、まとまった発声が可能になると「何であんなとこにいたの」と新に尋ねた。

「いやそれより、何あの金、本物？」

「偽札作ってばらまいてたらえらいことだよ」

「何平気な顔してんだよバカ！　回収しなきゃ――」

新は駅に取って返そうとする。築は慌てて引き留める。何のために遁走《とんそう》したと思ってるんだ。

「よせよ、もめごとは面倒なんだ。どうせあぶく銭だし」

「あぶく銭？」

「二次会で、千円ジャンケンっていうの？　やったんだよね」

手持ちの千円を賭けてジャンケンを繰り返すだけのゲーム。そのうち負けるだろう、と適当に考えていたら最終的に築と、八十枚ぐらいの千円札だけが残った。

「なかなか景気のいい眺めだっただろ？」と築は笑った。

「今ごろみんな、顔色変えてかき集めてるのかもね」

お前な、と新が呆れる。

「そういう金って、普通は新郎新婦にプレゼントするんだよ」

「それが様式美だってことぐらい知ってる。でも向こうが断固として受け取らなかったんだから仕方ない」

「三次会の費用に充《あ》てるとか」

「出たくないし」

空になったペットボトルをふらふらもてあそんでいると、新が取り上げてごみ箱に入れた。

「……何もめてたんだよ、あのおっさんと」

「あいつ痴漢してたんだよ、電車ん中で。ちょっとやり方間違えたな」

警察が介入するような事態になっていたら、いずれ築の身元も割れるだろうか。千円札大盤振る舞いはともかくとして、問題はあの酔っ払いだ。痴漢行為を否定しつつ、あくまで築が理由なく危害を加えてきたと言い張ったら水掛け論になる。慌てていたとはいえ、眼鏡を拾わなかったのは失敗だった。普段使わない沿線だから見つかることはないか……そうだ、普段使わない沿線にどうして新が。改めて訊き直そうとしたが、先に新が「何でだよ」と言った。怒っているような声だった。

「痴漢とか、放っとくタイプだったじゃん、お前。どうしたんだよ」

「どうしたんだろうね」

その答えに新は眉根を寄せて築を見下ろした。からかってるつもりはないんだけどな。

「そうしなきゃって思ったんだよ。灰谷の影響かな」

築が笑っても、新は笑わなかった。

「勘弁してくれよ……」

しゃがみ込んで、両手で頭を抱え込む。

「やめろよ、いいよそういうのしなくて」

「見て見ぬふりすんなって怒ったくせに」

「黙れ」

初めてそんな、乱暴な言葉を使われた。掌底《しょうてい》で眼球を揉《も》むようにぐりぐり動かしながら「勘弁してくれよー」と繰り返す。途方に暮れたような弱々しい響き。

「何か、騒いでんなって気になって……したらお前が引きずられてんの見えてさあ、慌てて降りたらいきなり張り倒されてんじゃん。何だよもう。心臓止まるかと思った。あいつ、絶対ぶっ殺すって思った……」

「殺すとか言うなよ」

築は言った。

「俺が手、出さないように金ばらまいたの？」

「割って入って止められそうになかったから」

腕力と運動神経を考慮して。あと、痛い思いも避けたかった。

「馬鹿だよお前」

「そっちこそ。公衆の面前で暴力沙汰《ざた》なんか絶対アウトだ」

あそこでやってしまっていたら、一瞬の激情が冷えてから新は後悔と自己嫌悪に苛《さいな》まれてまた振り出しに戻るかもしれない。自分のかけた手間ひまが見知らぬ酔客にぶち壊されるなんてごめんだ。

「こっちの質問にも答えろよ。何であの電車乗ってたの？」

軽く肩を叩こうとしたら新は急に立ち上がり、築の腕を強引に取って立たせた。

「……何だよ」

「お前の、二次会の店に行ってた」

「え？」

「はがき見た時、店の名前覚えてたから。俺も友達の二次会で行ったことあって、ああ、あそこかって。でも着いたらちょうどはけたとこで、お前見つかんなかったし、電話しても出ないしじゃあ家で待ってたほうが捕まるなって電車乗ってたら、ああいうことになって。同じ車両にいたの気づかなかった」

携帯には確かに新からの着信履歴が残っていた。マナーモードにしていたせいだ。でも問題はそこじゃなく。

「何でわざわざ」

「会いたかったんだ」

新は間髪入れずに答えた。

「築に」

告白の首尾を、そんなに早く報告したかったのだろうか。ならさっさと言えよと思って
「まどかさんは」と水を向ける。

「どうだったの」

すると新はまた険しい顔になった。

「今、そんな話してないだろ」

「いやそんな話って……何言ってんの？」

「お前に会いたかったって言ってんのに」

「……意味が分からない」

いらいらしてきた。寒いし、知らない駅だし、眼鏡はないし、頬は腫《は》れてきたらしくてじんじんするし怒られているような気がするし。

「……帰る。もう疲れた」

「築」

新の手を振りほどいて通りへ出ようとすると、背後から抱きすくめられた。やっと静かになった心臓が、一気に暴れ始める。

「築」

新の声が耳にかかって、腰が抜けるかと思った。

「築、前言ってた、好きなやつがいるって、あれ、ほんとなのか」

「何言ってんだ」

「まじめに聞いてくれ。俺、ずっとそれが気になってしょうがなかった。ずっと考えてた。誰だろうって。でもお前に確かめるのが怖かった。教えてもらっても、『関係ない』って突っぱねられてもヘコむと思った。仕事してる間は忘れられても、それ以外の時は、気がついたら、誰なんだよってお前のことばっかり考えてて」

仕事の手が空いた時、残業して夜中になった時、築が新のことを考えていたみたいに？

「まどかさんには何も言ってないよ。完成した耳を渡した、彼女が喜んでくれた、それだけだ。だって、俺は、だって——」

何を言ってる？

「いつの間にかって言ったらすげえいい加減みたいだけど、お前のことが」

ぐるぐる視界が回る、天地が反転を繰り返しているような恐慌。そんなはずない。そんなこと、あってはならない。腕の中で陶然としてしまいそうな身体に必死で活を入れ「やめろ！」と激しくもがいた。手の届かない距離まで後ずさると、新は静かな、悲しい表情をしていた。静かな喪失の。自分が拒んだから？　だから傷ついてる？　息が上がってうまく声が出ない。混乱が喉の奥で膨らんで、築の気道を狭めているみたいだった。は、と続けて洟らした音が、掠れて耳障りな笑い声になる。

「馬鹿言うなよ」

背中を向けて吐き捨てた。とても、顔を見ては言えない。

「気持ちわりーな。何血迷ってんだか。二度と話しかけてくんな。迷惑なんだよ」

新は、一言、「ごめん」と言った。心がびりびり裂けそうなほど苦しかった。手のふるえを悟られないよう、かたく握ってコートのポケットに突っ込み歩き出す。通りでタクシーを拾う。鮮やかに連なるテールランプの列がぼんやりと光る輪をまとってにじみ、初冬の夜に溶け出していく。歯を食いしばって袖口でごしごし拭った。大丈夫、単なる新の気の迷いだ。自分に言い聞かせた。築が親身になってくれたと勘違いして。単純な男だから。きっとすぐに目が覚めて、自分の間違いに気づくだろう。だって新の望みは、温かな窓の灯。築が夢で見たような。築では点《とも》せない明かり。今、有頂天になって新を受け入れてもきっと、最後にはお互い後悔しか残らない。窓に頭を持たせかけ、静かにまぶたを下ろす。疼く頬の上を、つめたい涙が流れていった。

「珍しいこともあるものね」

突然実家を訪れた息子を、母は驚きつつ迎え入れた。

「でもちょうどよかった。パパが飲みに出かけちゃって退屈していたのよ……あら、どうしたの、ほっぺた赤くなってるわよ」

「痴話げんか」

「眼鏡は？」

「落とした」

出まかせを言うと、「あら楽しそうだこと」と大いに受けた。本気にしちゃいないのだろうが、あれこれと詮索してこない配慮に内心で感謝した。

「軽いもの作るわ」

「いいよ、お腹空いてない」

「だめよ。顔色がよくないわ、何か食べなさい」

こういうところでは世話を焼く。リビングで、しばらくぼんやりテレビを見ていると、小ぶりの土鍋を盆に載せて母が戻ってきた。大根とザーサイのおかゆに、湯葉入りの豆乳スープ。

「この子、結婚したのね」

芸能ニュースに目を止めて母がつぶやいた。顔に何となく見覚えはあるものの、どういう分野の有名人かも分からない女の子が金屛風《きんびょうぶ》を背に会見している。

「まだ十代じゃなかった？　そんなに焦ることないのにねえ」

いつもなら聞き流して返事もしないのだが、築はふと気になって「母さん」と言った。

「なあに」

「父さんも母さんも、僕に結婚しろとか全然言わないよね」

「したいんなら止めないわよ」

母はあっさり答えた。

「相手がいるんなら好きにしなさい。したいけど、相手がいないんならお頑張りあそばして。したくないんならそれも築の人生。身も蓋もないことを言うなら私ともパパとも関係がないの」

「はっきり言うね」

「そうよ。あなたの性格、割と私譲りかもね。……そういえば、この間のあの子、灰谷くん、お店に来てくれたのよ」

不意打ちだったので、手に変な力が入ってれんげで土鍋の底をついてしまった。

「……そう」

「つい最近よ。テーブルを見てたわ」

「テーブル？」

「そう」

何がおかしいのか、くすくす笑う。

「小さい、ローテーブルがね、欲しいんですって。好きな人がいるんだけど、その人の家にはなくて、床にごはんを置いたりしてるからって。それはそれで楽しそうだけど、何だか築みたいに無頓着な子ねえって思って……あら、これ言っちゃってよかったのかしら？」

自問したくせに、「それでね」と続ける。

「プレゼントしてあげるの？　って訊いたら、まだ全然そういう間柄じゃないのでって照れてたの。もし迷惑がられなかったら贈ってみたい、っていうちいさい夢ですって。もてそうなのにかわいいこと言うから歩とふたりでほのぼのしちゃった。変てこな彼女っぽいけど、ほんとに好きなのね」

「……何で分かるの」

そんなこと、と知らず口調は尖った。

「簡単よ」とのんきな答えが返ってくる。

「濃い色は好きじゃないと思うとか、角は丸いのよりぴしっとしたのが好みみたいとか、灰谷くんがね、ちゃんと相手の基準で見ていたからよ。自分の好きなもの、じゃなくてね。そんなことぐらいでって思う？　でも案外そんなことができない人って多いのよ。……お風呂沸かしてくるわね」

おかゆを含んだ。熱い、とろりとした塊が、身体の内側を滑り落ちていく。おいしい。喉が動く。その熱が蒸発しても、まだ胸のどこかはふつふつしていた。自分が生きていることを思う。生きて食べていることを思う。蓄えた滋養をすこしずつ使い果たして死んでいった蛾のことを思う。空虚な卵の、つやつや美しかったことも。

うすく透ける大根の繊維が血管に見えた。これも、植物という身体。身体を作る、新のことを、思った。いきなり怒った新。いきなり眠った新。築の耳を褒めた。一緒に物を食べ、色んな話をした。優しい新。臆病《おくびょう》な新。築を好きな、新。

湯船に浸《つ》かり、もうもうと立ち込める湯気に手を伸ばす。つかむかたちに握っても、そこには何もない。見えているのに触れないものたちと、見えなくても手の中にあるものたち。不安定なのはどちらだろう。とりとめない物思いもまた、白い水蒸気のように不定形に揺らめき、濃くなったり薄くなったりする。

「築、着替えここに置いとくから」

脱衣所をノックした母に「ううん、もう帰るから」と答えた。

「あらそ。相変わらず勝手ねえ」

「ごめん」

嘆息に謝罪で答えると扉の向こうで「やーね」と苦笑された。

「冗談よ。築の家なんだから好きに出入りしなさい。そんなしおらしいこと言うなんて、年とって丸くなっちゃったんじゃないの」

「かもしれない」

「それはそれでつまらないわね」

外に出ると、身体は内も外も温まっているけれど、まだ生乾きの髪に風は冷たく張り付いた。でも結構気持ちがいい。一度だけ振り返って、家の明かりを確かめた。遠い明かりが好きだ、と新は言った。新の発音はちょっとだけ間伸びして「とおいい」と聞こえた。口の中で何度かまねてみる。

とおいい。


マンションの郵便受けに、大量のチラシに混じって切手のない封筒が入っていた。表書きは「葛井築様」だけ。裏返すと、「新」を丸で囲った記号のような走り書きがしてある。いつからあったんだろう。ここのところ、ばたばたしていてポストを覗くのも忘れていた。エレベーターを待ちながら封を切ると、新しい一万円札が二十枚と、メモ用紙が入っている。

『なかなか会えないから、ポストに入れる。ありがとう。色々、考えてて、頭の中が整理できてないんだけど、次、ゆっくり会えた時に話を聞いてほしい。たまにはカーテン開けてくれ』

最後の一文が、新らしすぎて笑えた。笑えたけれど、どうすればいいのか分からない。相手のことを真っ先に考えるのが本物の愛情だというなら、正直であるべきなのか、それとも隠し通すべきなのか。ひどく久しぶりに感じられる部屋の電気をつける。カーテンを開け、ベランダに靴下のまま出てみる。洗濯物を干さないからサンダルの類《たぐい》を置いていないのだった。じゃりっと、溜まった砂ぼこりの感触があったが気にしなかった。

目を細める。きょうは月は、見えなかった。築の視力では一等星が確認できるかどうかも怪しい。

けれど、目の前の部屋に明かりがつくのは見えた。生成《きなり》の色をした、優しい星。新がまっすぐに、こっちへ向かってくる。窓が開いた。

あらた、と口からこぼれた。途端新は、飛びつくように手すりから身を乗り出す。

「呼んだよな？」

突然大声で叫ばれて築は思わず左右をきょろきょろ見回してから人差し指を立てた。もう十一時近い。でも新はお構いなしに続ける

「今、俺の名前、呼んだよな？」

頷いた。というより、頷くしかなかった。だってほとんど唇なんて、動いていなかったはずなのに。

新はやおら手すりに足をかけようとして「あ」と気づいたように下を確かめ、今度は玄関へ一直線に走って行く。取り残された築はちょっと呆然としていた。今、ものすごく危なくなかったか。というかまだ、迷いに迷っている最中なのに、鍵を閉め忘れていたドアから当然のように新が飛び込んできてしまうし。階段を駆け上がってきたのか、息が上がっている。

「……今、飛び降りようとしてなかった？」

「いや、一瞬行けるような気がして、でも下見たら、あ、やっぱ無理っぽいって」

「いや『ぽい』じゃなくて」

「だって」

新は手の甲で顎の下を拭う。

「玄関から出て、走ってたらまたどっか行っちゃうかもって思ったんだ」

ベランダにいる築の手を握り、部屋の中に引き入れた。築はそれを振り払えなかった。今度は正面から、腕の中に囲い込まれても。

「あー、遠かった」

心底安堵したような声に、恋しさとちゅうちょがもぐら叩きのようにあちこちから、代わる代わる顔を覗かせた。

「色々考えたんだけど」

新が言う。

「お前が好きなのって、どう考えても俺じゃね？」

ものすごく能天気に聞こえて、人の気も知らないで、という悔しさがまた涙につながりそうになってこらえた。

「……だったらどうなんだよ」

「やった、つき合おう」

「バカ！」

築は抗《あらが》ったが、今度は新は、しっかりと離さなかった。

「灰谷、家庭が欲しいっつったじゃん。家族が。それであんなに悩んでたじゃん。僕とじゃそれ、無理なんだよ？　分かってんの？　無駄にするなよ。ずっと憧れてたもののほうが、ついこないだ会った僕より大事に決まってる。目を覚ませよ」

「俺は、のっぺらぼうの家族より、今ここにいてくれる築と、これからもいたい。今がおかしい状態ならそれでもいいや。一生目なんか覚めなくていい」

「そんなの無理だ」

「築。俺は器や体裁が欲しかったんじゃないよ。どんなにつらいことがあっても、ここに帰り着きさえすれば大丈夫って思える、そういう場所が欲しくて、そういう場所を誰かと作りたかったんだよ。家に帰る足取りが重いのは、いやだったから」

　両肩をつかんで揺さぶるように目を合わせてくる。

「築」

「だって――」

　言葉を継げないでいると斜めがちに顔を寄せてこられて、意図は明らかだったので思わず平手を入れた。思わぬところがおそろいになってしまった。

「いたっ！」

「何考えてんだ！」

「いや、眼鏡ないし、つい」

「ついじゃねーよ！」

「お前、めちゃめちゃ顔赤いよ」

「うるさい！」

「だって俺、言いたいことは全部言ったし、両思いなのにつき合っちゃ駄目とか意味分かんない」

「……そんな単純に考えられない」

「じゃああしたまでつき合おう」

　新は意気揚々と提案した。

「は？」

「先のこと考えすぎるから腰が引けるんだろ。とりあえずあしたまでってことで、あしたになったらまた告るから、そしたらあさってまでつき合って、一日更新にしよう。お前が言うみたいに目が覚めたらその時点でやめられるし、築もあした俺のことが嫌いになったら振ってくれればいいんだよ」

口調こそ軽いが、眼差《まなざ》しは真剣だった。さっきから、ずっと。

「とりあえずきょうのぶんな」

新が笑う。

「好きだ」

再び顔を傾け、でも五センチ手前で一時停止すると「もう殴んなよ」と釘《くぎ》を刺す。

「結構、傷つくんだから」

情けない。そんな一言で指一本も自由にならないなんて。

齢《よわい》三十、生まれて初めて、キスというのをした。重なった、と思った途端「そんな真一文字にしてんなよ」と駄目出しされてむっとした。

「注文つけないでくれる」

「だってジッパーに口つけてるみたいなんだよ」

風が入り込んでカーテンをふわりと揺らした。唇以外のものが色々と開きっ放しだとようやく思い出し、慌てて新を押しのけた。

「どいて」

窓を閉め、カーテンを引く。誰もいない新の部屋が空っぽのまま明るい。

「……ちょっと」

背後から腕に拘束されて、首筋に息がかかった。布をつかんだまま、ひゅっと肩をすくめてしまう。

「やめろよ」

「……いい匂いがする」

「え？」

シャツの襟にがじがじ歯を立てながら新は言った。

「石けんの匂い……どこ寄ってた？」

低い声音にぞくんとした。犬に唸《うな》られるような単純な怯《おび》えと、得体の知れない恍惚が耳から胸に抜けていく。

「……実家だよ」

何らやましいことはないはずなのに、自分の返事に媚《こ》びた色を感じてしまう。

「実家で風呂借りただけ」

「そっか」

「――やだ、離せってば」

服の上から身体の線を執拗《しつよう》に確かめられて、何も誇るべき部位のない築は焦った。なのに、鼻先が髪とこすれ、うなじの浅い溝に唇を押し当てられると後ろにいる男をどう処していいのか分からず、カーテンのしわを手の中で深めるだけだった。

「灰谷」

うんともすんとも返ってこないのが怖い。ネクタイの結び目を緩められ、ぷつっと穏やかに、当たり前みたいに外されたボタンの猶予から指が、出っ張った鎖骨を撫でた。その部分だけ水がにじんだように色がついてしまって落ちない気がする。

尾てい骨の辺りに硬い感触が押しつけられ、それが何なのかは同じ構造だから分かるのだけれど、ほんとうに、ごりっと当たる存在感が信じられなかった。未だに現実味が怪しいのに肉体は何もかも生々しすぎる。その乖離《かいり》に気が遠くなりかけ、膝《ひざ》から崩れる。

「おい、大丈夫か？」

「大丈夫じゃねーよ……」

カーテン越しのガラスに額をくっつけるとひんやりして、すこし落ち着く。

「やめろっつってんのに……」

「その件なんだけど」

「断る」

「まだ何も言ってねーだろ」

「いやな予感しかしない」

「俺今、今世紀最大にお前とやりたい」

「今世紀最大に断る」

「何で！」

「何でって……その、よく分かんないし、手順とか……」

大丈夫だよ、と新は鷹揚《おうよう》に保証した。

「何も俺たちが人類で初めて、男同士でセックスするってわけじゃないんだから」

「話が極端なんだよ」

新が黙って離れる気配があった。あ、と築はまた焦る。もったいぶってうざいって思われたかも。やっぱり面倒くさいって思われたかも。でも、どうぞ致してくださいなんて言えるわけがない。

帰ってしまうんだろうか。全身をそばだてていると、なぜかパソコンの起動音がした。思わず振り返れば新がごく普通のテンションで「借りるな」と言う。

「あ、うん……何で？」

おそるおそる尋ねると「ネット」。キーボードを叩き、何かを見てまじめな顔つきで頷くと築に向き直った。

「ちょっと薬局行ってくるから」

「え？」

「いや今、やり方を検索してて。いるものとか」

すぐ戻る、と言うが早いか背中を向けてしまう。

「え、ちょっと」

さすがに座り込んでもいられなくて玄関先まで追いかけると新はドアノブに手をかけて静かに光る瞳《ひとみ》で築を見つめた。

「十分もかかんないから」

「そんな、勝手なこと言われても」

所在なく視線を落とすと、その時初めて気づいた。新が靴も、靴下すら履かずにここに来ていたこと。

「鍵、借りずに出るから、どうしても無理って思ったら締め出してくれ」

ドアの閉まる音を聞きながら、ずるい、と思う。これって駆け引きなんだろうか。築が拒まないだろうと踏んで、委《ゆだ》ねてみせたのだろうか。ずるい。あんな裸足を見てしまったら、もう。

しかし新が開きっぱなしにしていたｗｅｂページをこわごわ覗き込むと脳が理解を拒否する内容だった。これを、自分が、新とする？　ありえねーよと理性が目を剝き、玄関と部屋の短い直線を何度も往還した。

そうこうしている間に目の前で、ノブが回る。そろりと音もなく、阻む錠のないことをおそるおそる確かめるように。

「……よかった」

細い隙間《すきま》の向こうで心底安堵したようにふにゃっと笑う顔を見て、駆け引きじゃなく賭けだったのだと分かった。新の数分間だって、築に劣らず怖かったと。

「……靴、履いてきた？」

「うん」

つま先から身体が滑り込んでくる。扉が閉まる。新が後ろ手で、鍵を回した。かしん。手に提げた袋の中身についてあまり考えたくはなかったけれど、築は新の胸に頭をぶつけて言う。

「電気消せよ、絶対、真っ暗にしろよ」

施錠した手で後ろ髪をくしゃくしゃに乱しながら新は「うん」と答えた。

徹頭徹尾、一方的にされるのは気が進まないと築が主張したから、ならば同時にという話になった。ベッドの上に向かい合って座り、お互いの膝から下を交差させるかたちで距離を詰める。自分でベルトと、ズボンの前をくつろげると生まれて初めて他人の指なんてものが下着の中に入ってくる。怯《ひる》む心は、お返しのように自分の手を伸ばすことで押さえつけた。さっきよりは落ち着いているものの、平常時とは明らかに違う手ごたえに思わず引っ込めそうになったけれど。額が触れ合う距離で新が「無理すんなよ」とささやいた。

「……してない」

嫌悪はない、でもいたたまれない。自分が、性的な興奮の根源になっているという事実に、いいんだろうか、と思ってしまうのだ。

下肢をまさぐった手が築の中心をまともに握り込む。顔がかあっと熱くなる。部屋は真っ暗でも、湯気が立って新にも分かってしまうんじゃないかと心配した。一瞬で思考も身体も固まりかけたが、されるばかりはいやだと言った手前、ぎこちなく新に愛撫《あいぶ》を施してみる。

「くすぐったい」

おっかなびっくりのやり方に新は忍び笑いを洩らした。

「もっと強く触ってくんないと」

こう、と強く擦《こす》り上げられ、シーツの上でかかとが悶えた。緊張で全然、反応できる気がしなかったのに築のそこは確かな熱を帯び始め、本能の直情に恥じ入るよりは感動した。ちゃんと動物なんだ、と思った。

気持ちよくて、築の手の中で新の質量が増していくのも分かる。でも不慣れなのでやはり違和感はあった。新も同様らしく動きを止めて「やりづらいな」とつぶやいた。

「逆手だから、じれったいっつーか……そうだ、築、寝て」

返事を待たずに築の身体を強引に横倒しして、その後ろにぴったりくっつく。

「やだよ！」

これじゃ、自分はどうしろって？　ごねると、前に回した手で昂《たか》ぶりを扱《しご》かれた。

「ちょっ……聞けよ！」

「だってやっぱ、されながらするって集中できないし。代わりばんこにしよう」

提案を装いながら、築に拒否権を与えるつもりはなさそうだった。下着ごと膝までずらされて、服は、旺盛に動くようになった手に翻弄されるままびくびくふるえる足の動きで自然と下がっていく。

「あ……っ」

どうなってんだ、と自分を怒鳴りつけたくなるようなだらしない声。しかもそれは新を興奮させるらしく、いっそう好き放題に張り詰めた性器をいじりまわしてくる。荒い息遣いがえりあしをくすぐったかと思うと、耳を嚙まれた。

「ん、」

ネクタイはとうとうむしり取られ、シャツのボタンを次から次へと攻略される。手のひらが腹から胸へと滑り、乳首を探り当てた。さわ、と流れて通り過ぎてから今度は指で、明確に往復される。

「も、色々、しすぎ……っ」

「だってもったいないじゃん」

耳を解放しないまま新は言う。

「何がだよ」

「分かんないけど、時間とか、色々、全部」

あちこちでされる感覚は全部違って、でも確かに、全部が気持ちよかった。それが全身の肌で混ざり合うのか、身体のパーツの認識が危うくなってきた。思い出す。ペンフィールドのホムンクルス。そういえばあれには生殖器がない。その比重は示されるまでもなくみんな知っているということなのだろうか。

「あ、あぁ……っ」

先端からくびれにかけて、鋭敏な部分を指の輪にくるまれ、短いストロークで性感を煽《あお》られる。

「や、やだ」

先端がじわりと、こぼした。それは新の指を濡らし、摩擦のたび、ちゅくちゅく湿った音を立てる。

「や……っ、離、せよ」

聞くに堪えなくて、新の手首を弱々しくつかむ。

「何で？」

「汚れるよ」

「そんなこと言ってたらセックスなんかできねーよ」

逆に手を取られ、まだ濡らし続けている性器を、握らされた。

「いやだ！」

上から新の手がかぶさり、こともあろうに上下の動作を誘導しようとする。

「新！」

「一緒にするんだったっけ」

「こういう意味じゃないっ……」

こすって。耳の穴に舌先をねじ込みながら要求する。

「――ほら」

先走りにまみれていやになるほど手は、なめらかに動いた。築より長い指が隙間から絡んで、どっちの手に導かれているのか分からなくなる。

「あっ、あぁ、ん――」

たぶんもう、押さえていられなくても止まらない。肩越しに痛いほど、新の視線を感じる。

闇にすこしは慣れてきた目に、この浅ましい自慰がどれぐらいはっきり映っているのだろうか。

「あ、あ、あ……っ！」

細く開いた先端の口からあふれた。脈動はなかなかおさまらず、ふたりの指に生ぬるい体液が流れる。羞恥《しゅうち》より勝るのは疲労と眠気で、このまま放っておかれたら身じまいもせずこてんと寝入ってしまっただろう。

新が枕元を探り、ドラッグストアの袋から取り出したものを、築の背後に垂らさなければ。

「いっ……」

痛い、わけじゃない。つめたいとろみが肉の間に、指を伝って届いてとっさに歯を食いしばってしまった。

「つめたい？　ごめんな。すぐぬるくなると思うんだけど」

「気持ち悪い、よ」

「でも、濡らさないとさ」

あやすように頬にくちづけ、なかとつながる部分に指先でそっと触れる。円を描いて、ぬるぬるした潤滑剤にふちの皮膚がなじみ、ほどけるまで。

「んっ……」

体表じゃなく、粘膜の部分に、他人の身体が触れる。具体的に痛いとか苦しいとかじゃなく、恐れはもっと根源的だった。侵されるべきではない領域を許してしまったという、禁忌のような。それなのに潤みを借りて、新の指はやすやすと根元までもぐった。

「……っ、あ、ふ……っ」

性器への愛撫に比べたら心臓にかかる負担は少ないと思うのだけれど、不安のせいかどうしても息が上がる。

「……痛い？　築」

うん、と言えば（少なくともきょうのところは）やめてくれるに違いなかったけれど、築は黙って首を振った。

「もう一本、入れる、な」

隙間なく飲み込んだはずの場所から、また押し入ってくる。明らかな意図で二本の指を拡《ひろ》げられ、道をひらかれると、とろとろ人工の粘液が内壁を伝い落ちるのが分かる。むずむずともどかしいその感覚はなぜか射精したばかりの性器に伝染する。

「あ……っ」

慎重な抜き差しに、今度は身体の背面が淫《みだ》らに鳴る。明かりを落としきった室内でその音はいくらでも膨れ上がって、築の耳や肌を苛むように聞こえた。新の言葉通りに潤滑液は体温でぬるまり、いっそうスムーズに身体のなかを満たしていく。摩擦抵抗のない往復がやがて内壁をやわらかに馴致《じゅんち》する。

「——あぁっ！」

前を、ふたたびまさぐられて反射のように新の指を締め付けた。

「や、そこ、もう……っ」

懇願など届かないように新は熱っぽく「お前、かわいい」と言う。

「すげーかわいい、築、興奮する。早く挿《い》れたい。早く挿れたい」

「だったら、もう、」

あちこちいじられたせいでわけが分からなくなってきて、早く終わらせてほしかった。でも指を三本、くわえこんで出し入れが可能になるまでじっくりと慣らされた。内股《うちもも》はぬめりと汗が混じってひどいありさまだった。

「あ……」

仰向けにされ、新がのしかかってくる。ローションを垂らして性器を軽く扱くのがぼんやりと見えて、指を引き抜かれた孔《あな》が勝手にひくんと反応した。

熱いものが、何度か会陰《えいん》をこすってからぐっと食い込んでくる。

「ああ、あ……っ、ぁ……」

築の身体に入るほど、新の身体が近くなる。内臓がすこしずつスペースをなくしたように、せりあがる苦しさから逃れようはなかったけれど、じりじり体内を分け入る膨張に、悦《よろこ》びがこみ上げる。

新が両手を、築の顔の横についた。

「……入ったあ」

どろどろのセックスの最中なのに、かけっこで一等になった子どもみたいな罪のない響き。

「……バカ」

見上げると新は、不意に「あ」と何かに目を留める。

「どうしたの」

「時計」

日付変わってる。そう言うと築の頬を挟んだ。

「きのうが終わったから、きょうのぶん——好きだ、つき合って」

律儀さに笑う。身体が揺れると、受け入れたもののかたちが、はっきり分かる。築はだるい腕を頑張って伸ばし、逆に新の頭を引き寄せた。閉じない、閉じない、と言い聞かせて、自分からキスをする。


久しぶりに帰りの電車がかぶった。席に着くと新が「まどかさん、来年の六月に式だって」と言う。

「決まったんだ」

「うん」

「大丈夫なの」

「彼氏、まどかさんちの門の前で三時間ぐらい正座してたらしい。いざとなったら親と絶縁して婿入りしますからって。最終的にはちゃんと説得できたみたいだけど」

「ふーん」

「おばあさんの形見の真珠、ピアスにしてもらって披露宴でつけるんだって。俺、招《よ》ばれてんだけど、今から泣くような気がしてならない」

「まどかさんが捨てた男だと思われるから迷惑だよ」

「だよな、どうしよう」

「さあ」

「生返事すんなよ」

築はすこし身体をひねり、後ろに過ぎて行く住宅街を眺める。流れ去る窓の灯。

「何か面白いもん見える？」

「別に……きれいだと思って」

つられて後ろを向いた新はつまらなそうに「普通じゃん」と言う。

「うん」

それから、人目もはばからず大きなあくびをして「寝ていい？」と尋ねる。

「寝るなっつっても寝るくせに——……いいよ」

しばらくすると肩に、なじんだ重みが降りてくる。築も目を閉じた。ふたりして乗り過ごしたらどうしようかな。縁起でもない想像が、何となく楽しかった。知らない駅の、知らない家明かりの下を、文句を言い合って歩くだろう。きょうだけの恋人と。あしたからの恋人と。

鍵の音ちかく

久しぶりにちゃんとした風邪を引いた。煮込みうどんに大量のしょうがをすりおろすとか、厚着してありったけの寝具を重ねて寝るとか、そういう、日常のこまごました対処では追いつかず、ぷわーっと熱が上がって、初めて会社を休まざるを得なくなったぐらいの、本格的な風邪。「catch a cold」という英語は実感として非常に正しい。朝目が覚めてぞくぞくっと寒気がきた時、確かに「あ、やられた」と思ったのだ。つかんだ、というよりはつかまれた、だけど。

風邪には、身体《からだ》に入り込んだ瞬間、が確かにある。悪寒《おかん》はひとつの宣言だ。しばらくこちらにお邪魔しますよ。体温はなかなか三十八度を割らない。師走《しわす》の忙しい時に、という焦りにも知らん顔で額のタオルをたちまちぬるめていく。さっき裏返したばかりなのに。布団から半身を起こし、枕元の洗面器に浸《ひた》して冷やす。水中で氷がからからと泳いだ。透明な塊の中でくもの巣みたいに凝《こご》るカルキの成分が、体内に根を張っている風邪そのものに思えた。

築《きずき》からは『カーテンつけないから風邪なんか引くんだよ』というメールがきた。断じて違うと思ったが、あくまでもカーテンの防寒性は馬鹿にできないと主張する。それでも本題は『インフルエンザじゃないんなら行く』という申し出だったので、ありがたく、レトルトのおかゆを買ってきてくれるよう頼んでおいた。しかし『効く薬持ってるけど』という文面は、ちょっと怖い。自分で調剤してそうだよ、お前。

かしゃん。

玄関の、鍵の閉まる音。汗ばんだ重たい眠りから新《あらた》は瞬時に引き戻される。縦から横へ、扉が戒《いまし》められる音が、どうも苦手だった。閉じる音だけが駄目なのだ。どれほど深く眠ろうとも、心臓が一瞬、空気を吹き込まれたように大きく膨み、強制的に覚醒させられてしまう。時には隣室の施錠で目が覚めることさえあった。

手洗いとうがいを済ませた築が急な階段を上がってくる。

「おかえり」

「起きてたの」

「今」

「ごめん、なるべくそっと入ったつもりなんだけど」

「いや……あ、そこ気をつけてな。洗面器置いてるから」

中腰の築が床を見下ろす。

「なんだ、苦しくて吐いたのかと思った」

「頭冷やす用だよ」

「言ってくれれば冷えピタ買ってきたのに」

「俺、あれ好きじゃない。冷えるっつか、ひりひりするじゃん？　つめたいっていうのとは微妙に違う。騙《だま》されてる気になってくる」

「案外細かいね」

「そう？　ほんとは、昔ながらのアイスノン、好きなんだけど。冷凍庫で場所取るから」

「クリームがかった青色のやつ？」

「それそれ……ん？　緑じゃない？　あれ」

「僕の印象では青」

「じゃあ間を取って青緑にしよう」

皮膚に透ける血管の色合いに、似ていなくもない。

「適当だな」

「いーの適当で……あれがさ、最初、かっちかちなのに、自分の体温で溶けてとぷとぷになるの、楽しい感じがした」

「変なの」

「そうかな」

頭の後ろが次第にたわんでゆるくなっていく。時間と、自分の熱で溶かしたつめたい塊。

どこか官能的な達成感がありはしなかったか。

「風邪の作法も人それぞれだね……洗い物してくるよ」

手の甲と指の甲が、新の頬をすべるように軽く撫《な》で、すぐ離れていった。人間じゃない生き物の触覚がセンサーとして接触してきたみたいに。労《いたわ》りや慈しみを感じさせるものではないのが、築らしくて面白い。手洗いの後だからか、肌はひんやりとしていた。

ロフトの真下がキッチンだから、水がステンレスを叩《たた》く音、食器が触れ合う音が、身体の裏側から響いてくる。それがやむと今度は、きゅ、きゅ、と流しを磨く音。自分以外の誰かが立てる生活の音が、取りとめなく心地いいと知ったのは、父親が死んでからだ。

家の中ではいつも耳を澄ませていた。コップをテーブルに置く、ドアを開け閉めする、スイッチを入れる、コンセントを抜き差しする。ちょっとした動作の勢いやボリュームは、父の機嫌を測る重要なバロメーターだった。針がいつもより振れていると分かれば、母も自分も、ひっそりと息を殺した。あらゆる生理現象や身体の機能まで止まって石になれたらいいのにと思った。静かな緊張のまま一日が終わるのはまれで、深酒ついでに寝入ってくれればその日はラッキー。大概は、箸《はし》の上げ下ろしとか部屋の片隅のささいなほこり、「はい」の返事が小さかった、新聞の畳《たた》み方が汚かった、そういう些細な不始末をいくらでも口実にして手を上げる。たちまち家の中は皿が割れる音や母の悲鳴で満ちる。

きっかけなんて、本当に何でもいいのだ。自分たちが抜かりなく完ぺきに振る舞えばまたそれに暴発するだろう。妻子の顔を腫らしたり鼻血を噴かせたりしないことには父のいら立ちは解消されないのだから。外が雨だから、でも郵便ポストが赤いから、でも。記憶は古井戸のようだ。蓋《ふた》をずらして覗《のぞ》いてみればくろぐろと深い水面からまたたく間につるべが引き上げられ、濁《にご》った水がびしゃびしゃ顔を汚す。こんなにはっきり覚えていることに驚き、おののき、また蓋をする。でも気づけばまたその水際に立っている。特にこんな、体調の悪い時には。

「洗濯、うちでしとくけど」

築が階段から顔を出して、ようやく、再生が途切れた。ほっとする。

「乾燥機だめなやつとかないよね」

「たぶん大丈夫」

「じゃああした持ってくる」

「うん、ありがとう。お前、やさしーなあ」

「何言ってんの」

「弱ってる時に優しくされたら、惚《ほ》れちゃいそう」

「頭があったまりすぎてんじゃないの」

築の反応は実に冷ややかだった。

「ひとりぶんの洗い物なんか十分とかかからないし、洗濯も乾燥も機械が全部するんだよ。山ひとつ越えて汲《く》んできた水を使ってるっていうんならまだしも……そんな安っぽい理由で惚れてちゃきりがないね」

築の、築らしさに触れると新は嬉しい。それで笑っていると「何だよ」と顔をしかめられた。

「俺はちょろいかもしんないけど、弱ってる時に優しくしてくれた誰も彼もを好きになるってわけじゃないからさ」

「……信憑性に欠ける」

おやすみ、と築の頭が下がっていく。新は慌てて起き上がった。

「待って」

脳のあるべき位置にどろっとした金属が流し込まれているみたいで、それが身体全体のバランスを危うくし、足取りが覚束《おぼつか》なくなる。玄関先で追いつくと、「下まで送ってく」と言った。

「なに言ってんの、寝てなよ」

「やだ」

「安静に」

「だって俺、鍵閉まんの嫌いなんだよ」

「は？」

築が首を傾げる。

「開けて帰れと？」

「違う、音が、音聞くの嫌いなの。人と一緒にいて、自分だけ残って、鍵の音が最後にするのが。自分だけが出てく時もそうなんだけど、すごい、隔てられた感じが」

意味不明、という目つきだったが、新が引き下がらない気配を感じ取ってか、「好きにすれば」と諦《あきら》めてくれた。

コートだけ羽織ってエレベーターに乗り込む。

「あ、そうだ」

「なに」

「好きだよ」

築はたちまち目を逸《そ》らし、はーっとため息をついた。

「もういいから、それ」

「何でだよ」

有言実行で毎日、ちゃんと告白しているのだけれど（会えなかった日は電話かメールで）一度としてはかばかしい反応が返ってきたことは、ない。

「毎日じゃありがたみもへったくれもない」と築は言う。

「だってそういう約束だし」

「約束なんてしてないだろ」

一階に着き、玄関のガラス戸を押し開けると外はすごい風だった。ガードレールに立てかけられた自転車の前かごがかたかた鳴り、スポークが小刻みにふるえていた。

「さむっ」

思わず上着の前を合わせると築は「早く中戻って」と新を扉の内側に押し込んだ。

「寒いのに寄ってくれてありがとな」

「ほんと大げさ……向かいじゃん」

細い道を渡って、築の後ろ姿がすぐ目の前の建物に吸い込まれていくまで見守ってから部屋に帰った。寝床に直行せず、窓の前で立っていると築の部屋のカーテンが開く。新は手を振る。築は、早く寝ろというふうにしっしっという手つきをした。

自分の体温が残る布団は、この上なく居心地のいい巣穴みたいだった。洗面器でゆらめいていたタオルをもう一度絞《しぼ》って額に載せる。寝返りを打つとずり落ちてしまうので、背骨が痛くなってくるのが難だ。つめたい物に触れていると自分の発熱の度合いがよく分かる。

投げ出す四肢の、指先のありかまで強く意識する。敷布団をやわらかく沈ませる自分の身体。筋肉の倦怠《けんたい》と関節のきしみ。職業柄、肉体の部品ひとつひとつに対する敬意と感謝は常に忘れていないつもりだが、いざ弱ってみると、平常時の自分がおろそかにしていることを意識させられる。あるのが当たり前、動くのが当たり前。暮らしの中に紛れる驕《おご》りを、細胞という細胞が、責めている。目を閉じた、まぶたの裏で散乱する色とりどりの光の粒子がいつもより粗くざらついている。型取りまで進んだ指のことや、ひげを植毛することになっている顔のことをつらつら考え、合間に挟《はさ》み込むしおりのように築はもう寝たかな、と思う。

きょうも言ってくれなかった。

告白の返事、じゃない。あんなに許容範囲の狭い相手と身体の関係まで持っているのだから、そこは言わずもがなの話で。でも。

もっと大事な、俺に言うこと、あるんじゃないのか？

翌朝になっても熱は下がらなかった。会社に電話を入れて欠勤の旨を詫《わ》びると、社長は「知恵熱か」と笑っていた。その心当たりは新にとって少々気が重いもので「はあ」と曖昧にごまかすしかできなかった。おかゆを流し込み、薬を服《の》んでまた眠る。

あの日も風邪を引いていた。部屋で眠っていたら父親の怒鳴り声で目が覚めた。偉そうにしやがってとか、めしがまずいとか、機嫌が悪い時お決まりの因縁《いんねん》をあれこれつけて、母親は何とかなだめようと冷静に対処していたが、父は自分の声でますます逆上し、そのうち怖《おそ》気のする、動物の吠え声みたいなわけの分からない言葉を喚き散らすだけになった。噴火の大小も察しがつく年頃だった新は、これはやばい、と直感して布団から這《は》い出し、襖《ふすま》を開けて、母親の髪をわしづかみにしている父親へと組みついた。まともに見ればふるえがくる、ふるえがくれば動けなくなる、だから新はいつも、歯を食いしばって目をかたく閉じて挑みかかった。その瞬間頭にあったのはいつも、母を守りたい、などという正義感ではなく、ここで尻尾《しっぽ》を巻いたらその敗北感が生涯自分を苛《さいな》むだろうという暗い予感だった。だから新は向かっていった。自分のために。

でもその晩は特にひどくて、逆らうだけ父は、熱せられた油のようなあてどのない怒りを拳《こぶし》に足にたぎらせてぶつけてきた。母が「あっちに行きなさい」と叫んで自分を、玄関のほうへとどんどん押しやった。そして新が倒れ込むように外へ崩れると、扉を閉め、がしゃんと鍵を閉めたのだった。細い隙間から母の、悲痛な決意に満ちた表情が見えた。その後ろに立つ父の、理不尽な憤怒に満ちた形相も。なぜ、同じ戸籍に名を連ね、同じ屋根の下で暮らす相手に、大した理由もなくそこまで猛り狂えるのか。

閉ざされた扉の向こうからしばらく、母の叫び声と、家の中のものが壊れる音が響いた。膝《ひざ》に力が入らずがくがくとうずくまり、つめたい鉄扉を弱々しく叩き続けた。涙も出なかった。

あれからずっと、鍵の回る音が嫌いだった。なす術《すべ》のない気持ちに立ち返ってしまうから、思い出したくない。でも忘れるわけにもいかない。

いつも覚えていないと、いつか俺も同じことをするかもしれないから。

かしゃん。

鍵が下りた。全身がびくっと引きつり、夢から覚める。今の音は現実。築が来ただけだ。

そう、自分に言い聞かせる。ひどい汗と動悸だった。

「起こしちゃった？　極力静かに入ってきたのに」

鍵の音はすぐ分かる、と答えれば訪問を拒むような口調になりはしないかと心配で「たまたま」とごまかした。

「汗だくだから、シャワー浴びる」

起き上がると、ふらっとめまいがした。

「顔色悪いよ。大人しくしてれば」

「でも気持ち悪いから」

毛穴から不快な記憶が一緒ににじみ出て、全身をじっとり濡らしているようで。頭から熱い湯を浴びていると浴室の扉をこんこん叩かれた。

「お前も入んの？」

「違う。灰谷《はいたに》を担《かつ》ぐ自信ないから倒れないうちに切り上げて」

「了解」

脱衣所には新しい着替え一式がきちんと畳んで置いてあった。きのう持って帰ってくれたやつだ。乾燥機の熱を含んでほのかに温かい。築が二階から、布団カバーを抱えて下りてくる。

「カバー替えたから」

「ありがとう」

「寝て」

「はい」

いちいち端的だ。感謝をされる、ということ自体が築にはたぶん、煩《わずら》わしいんだろう。水くさい、とかいう感情ではなくて、自分に無理なくできる範囲の親切を自分で決めて行っているだけ、というスタンス。潔いなと感心もするし、もう、ほんのちょっとでもやわらかくなればいいのにという物足りなさもあるにはある。それでも洗い上がった寝間着とさらさらの寝床は、すべてが新しく生まれ変わったみたいに心地よかった。階下から声がかかる。

「食欲ある？」

「うん」

「レトルトのおかゆ以外の物が食べたいっていう欲求は？」

「……ある」

すこし間が空いたのは、それをお前が作るの？　という疑問のせいだ。訊《き》いたからにはそうなんだろう。向かいの家にはやかんがひとつきりで包丁すら置いていないけれど、できるけどしないだけかもしれない。何となく新の頭に浮かぶのは、天秤《てんびん》と分銅でもって厳密に材料を量り、定規を用いて具材を切り揃える築の姿だった。味つけする姿はいっそ実験に近い――とか想像していたら、ばりっと派手な音がした。乾いた、せんべいか何か砕くような。

それが二度、三度と聞こえてくる。

「き、築くん？」

もっとこう料理の音って、とんとんだったり、じゅうじゅうだったり、ことことぐつぐつだったり――なあ？

「すぐできるから大人しくしてて」

よっぽど様子を見に行こうかと思ったが、鍋を火にかけているらしき気配があったので思いとどまった。破壊的な創作料理をやらかすタイプでは絶対ないし。そのうち、非常に慣れ親しんだ覚えのある匂いが漂ってきた。築が階段を上がってくる。

「……サッポロ一番みそ？」

「あたり」

両手に持った盆の上には丼《どんぶり》が載っている。築の説明によれば細かく砕いためんを少なめの湯でくたくたになるまで煮て、粉末スープも少なめ、仕上げは卵でとじていりごまと刻んだねぎをたっぷりかける、というレシピらしかった。ショートパスタみたいな感覚なのだろうか。ふやけきったぶちぶちのめんは半ばワンタンみたいにとろけて、確かにこれはこれでうまかった。

「え、お前んち、インスタントラーメンなんか食うの？」

「具合の悪い時は適度なジャンクフードがおいしいっていう変な持論があるんだよね、うちの母親。おかゆのつけ合わせに、普段絶対買わないような真っ黄色の甘いたくあんとか」

「ふーん」

でもそれを築も気に入っていて、だからこうして自分にも作ってくれたんだろうと思うと、何だか照れくさくもあった。互いの生活習慣が混ざっていくのはものすごく「つき合ってる」感じがする。

「あれ」

そういえば、と窓の外がまだ明るいのに今さら気づいた。

「今何時？」

「二時過ぎ」

「築、会社は？」

「休みだよ。祝日だもん」

「あれ？　……ああ、天皇誕生日」

新の勤務形態だと祝日は通常営業だから、すっかり失念していた。

「あー、それでお前、私服なんだ」

「うん」

白地にブラウンの、ノルディック柄のセーター。

「無地じゃない服、珍しいな」

「親が送ってきたんだよ」

「何で」

「クリスマスプレゼントのつもりじゃない？」

「ああ」

きょうが十二月二十三日であしたがイブ。熱のせいでカレンダーが頭からすっぽり抜け落ちているらしい。街中《まちなか》で派手なツリーや電飾をさんざん見ていたのに。

「似合ってんな」

ざっくり編まれた毛糸に指を這わせてみる。縒《よ》りの中にふわりと空気を含んでやわらかい。質のよさはすぐに分かる。

「そう？」

築の反応はそっけない。もらったから着ている、以上でも以下でもなさそうだった。

「ご両親のお店で売ってんのかな」

一度だけ訪れた店舗は、気づかず通り過ぎてしまいそうにさりげなく入り口があり、でも中はとても広かった。ショールーム的に品物をアピールしなくても商売として成り立っているらしいのがすごいと思う。控え目に焚《た》かれたアロマも無垢材《むくざい》の家具やカトラリーも、リネンのタオルも、高いなりのことはあるんだろうと納得させる、さりげない上品さをたたえていた。値札の大概は新がふだん使っているものよりゼロがひとつかふたつ多くて、それでも店内にも築の家族にも、お高く止まったところはまるでない。そういうものに囲まれて暮らすのがごく自然、というなじみ方で、その頃新ははっきりと築を好きだったのだけれど、住む世界が違うんだな、とちょっと身にしみた実感はあった。幸いというか、普段の築はそんな育ちを匂わせもしないが。

「薬服むの？」

「うん」

いくつかの内服薬をいっぺんに服み下すと、再び横になる。

「築、帰る？」

「って言ったらまた起き上がりそうだからいるよ」

額のタオルを氷水につけ、絞ってまた載せる、それだけの動作が嬉しいと言えばまた「何の手間でも労力でもない」とか反論されるんだろうなと、うっすら赤くなった築の指先を見て考える。

「眠る？」

「うん――……大人になったらいくらでも寝られるのがふしぎだよな」

子どもの頃は、病気だからといって昼間から眠れるわけがないと思っていた。寝て汗をいっぱいかけと言われても暑ければすぐ目は覚めたし、安静にしていろと言われても退屈なものは退屈で。

「昔ほど元気があり余ってないってことだよ」

築は冷静に言う。

「まあ、それだけの話か」

目を閉じると顔の辺りに築の視線を感じた。寝顔は自分で見られないからすこし緊張する。築が寝ている時はぴったりと唇も結ばれて、難しい考えごとでもしているように見えた。死んでいるようにさえ。

なのに、以前、抱えてベッドに運ぼうとしたら案外体温は高く、鼓動は忙《せわ》しかった。とっとっ、と脈が新の肌の上を駆けた。病気？　いや誰でもこんなもんかな。つい自分の首筋に手をあてたほど。俺よりちっさいからかな、と思った。ねずみとか小鳥の脈が速いのと同じに。心臓の打つトータル数はどの生き物でも大体同じっていう話を聞いたことがあるが、あれは本当なのだろうか。

そしたらこいつは、俺より先に死ぬんだろうか。

夜明け前が静かすぎてその想像はつめたく肌に張りついて、新はほとんど衝動的に築の背中にぴたりと寄り添った。頭と枕の隙間から腕を差し入れる。男女ならやましく、男同士なら気まずい距離での接触にその時、何の後ろめたさもなかった。心臓の音が混ざり合ってひとつの途切れない流れとして聞こえると、ひどく安心した。すこしだけ丸まった背中を抱き寄せてみると何の抵抗もなく身体のラインになじんで、とても気持ちがいい。築の部屋だから、枕からもシーツからも築の匂いがする。

警戒を誘うはずの他人の気配が、ゆっくりと、沈殿する蜜のようにその晩の新を眠りに誘った。もっとも、朝になると一足先に起きた築があからさまに不審がる目つきをしていて、すっとぼけながらも内心でひやっとしていた。

今思うとあの時すでに、特別の領域に片足を突っ込んでいたのだろう。その後の色々なできごとがなければ、「夜中のちょっと妙なテンション」で完結してしまったかもしれない。互いがとてもデリケートな選択を繰り返してここに至ったという気がする。少なくとも新は、どんな出会い方、どんなルートを経ても築を好きになったと断言はできない。

だからこそ大事にしたいんだけどな、俺は。

次に目覚めた時、部屋じゅうがうっすら飴色《あめいろ》にかげっていた。冬の、短い、ぜいたくな夕暮れの時間だ。視線だけで辺りを探ると、築はロフトの隅っこで膝を立てて何かの本を読んでいた。眼鏡のフレームの細い影が頬に射している。

自分を意識していない状態の相手、を見るのはことのほか胸が騒ぐ。気づいてほしい気持ちと、このままじっと眺めていたい気持ちがせめぎ合うから。ああ俺こいつのこと好き、と強く思った。今、築の世界に新がいない、その疎外への果てしない焦燥。けれどこんなにじりじりするのに甘い。

ぺらり、と音を立ててページをめくった後、築は不意に新に気づいた。気づいてちょっとだけ嬉しそうに笑った。それだけで互いの世界が再び交わり、変わる。

「いい夢見た？」

「覚えてない。何で？」

「病床だと夢見も悪いんじゃないかと思ってさ」

「大丈夫」

「そう。よかった」

投げやりにも聞こえる口調なのに、新にはそれが心からの言葉だと分かる。築は、思っていないことは口にしない。特に言いたいことがない時はいつまでだって黙っている。そういう時の築は、まだ人間に化け慣れていない動物みたいだ。「空気を読む」とか「社交辞令」を未習得の生き物。会話を投げかければいつだって明晰で、ちゃんと一般常識も備えているのは承知だけど、思ってしまう。

「おやつにしようか」

かわいらしい単語を告げて冷蔵庫から、真っ白い缶を持ってきた。白地に白文字で印刷された英語のロゴ、四角くて角が丸い。

クッキーかチョコレート、という新の予想は外れ、そこにぎっしりと詰まっていたのは、切符ほどの大きさのウエハースだった。

「粉、落ちるから、気をつけて」

「うん」

仰向けのまま大きく口を開けると、築がそこに運んでくれた。細かな格子模様の生地はしゃくっとたやすく崩れ、その真ん中のバニラがたちまち甘く溶け出す。でも後味はさらりと涼やかだった。

「どしたの、これ」

袋ラーメンはともかく、缶入りの体裁といい、コンビニやそこらのスーパーでは売っていないだろう。わざわざデパートなりに出向いて買ってきたのか。

「懐かしくなったからさ」

そう言って築は自分も一枚食べる。これも築の「風邪の作法」なんだろうと思った。定番がこのウエハースで、だから築も、同じように新のために求めてきてくれたのだ。

「こういうのって、たまに食うとすげーうまいよな」

「すごい、とまでは思わないけど、同感」

「お約束は桃缶とか言うけど、うちはシューアイスだったな」

いつもバニラだった。新は抹茶やチョコが食べたかったのに、五個でも六個でもバニラばかり買ってくるのは、素面《しらふ》の時の父親だった。

鼻先で閉まった鍵の音がすべてじゃない。そういう穏やかな夜だって、確かにあった。もう一個食うか？　としきりに勧めては母親にだめよ、とたしなめられ、何だよお母さんはけちだよなあ、と笑っていた父も、存在した。それが新にはいっそうつらかった。二十四時間三百六十五日、恐れるべき敵であってくれたらいいのに、まだらに入り混じる、普通の「家庭」の日常が。

いつ壊れるともしれないそれに怯え、でもずっとこのままでいられるのかもしれないと性《しょう》懲《こ》りもなく期待し、呆気《あっけ》なくそれが踏みにじられると絶望は尚更深い。何もかもが気分次第、ただそれだけのことと他人同士なら諦めがついても、肉親となると難しかった。許せなかった。今も。

何でバニラばっかり買うの、と訊けずじまいだった。

額がぴとっとつめたくなる。築がタオルを裏返したのだ。

「……ありがと」

築の指を間近に見る。自分の駄目さを不意にまたひとつ、思い出してしまう。知恵熱、という社長の言葉。

「築、その本面白い？」

床に伏せられたままのハードカバーを顎《あご》で示す。几帳面そうに見えて築は結構適当で、しおりがなければこうして裏返したり、カバーの袖《そで》を挿《さ》し込んだり、時にはページの角を折ったり、平気でする。そこに記されている情報に価値があるのであって、物品としての書物に興味も愛着もない、という理屈らしい。

「それなり」

「中断してもいい？　俺の話していい？」

「灰谷は時々、他人行儀に律儀《りちぎ》だ」

「本より面白い話できないと思うからさ」

築は微苦笑して「どうぞ」と促した。

「俺、今、ヤクザの指作ってんだよ」

「なかなか衝撃的な出だしだね」

「ヤクザっつーか、元がつくんだけど、足洗っても指詰めちゃってるとさ、やっぱ再就職難しいじゃん。面接でアウトみたいな。で、そういう人たちのために、うちの工房で小指作んの。昔は足の小指無理やりくっつけたりしてたみたいだけど」

「じゃあ今の引退ヤクザは恵まれてるんだな」と築が言った。

「灰谷がきれいな指作ってくれる」

そんな、しれっと喜ばせるようなこと言わないでくれよ。

「……俺も、今担当してんだけど、何かほんとに悪いんだけど、全然やる気が出ない」

「ヤクザだから？」

「うん。だってさ、病気や怪我で、何にも悪いことしてないのに、手とか足とか目とか……失くして、ぎりぎりでやってくる人がたくさんいんだよ。あんた、そういう人たちに恥ずかしくないのかって思わずにいられない」

自分で自分の指を切り落とす、という局面に追い詰められるまで、それは色々な事情があったのだろう。新には窺《うかが》い知れない苦しみだろう。頭で分かっていても心の深い部分で生理的な嫌悪を抱いてしまう。替えなどない肉体を自らもぐ愚行。生まれつき欠けている者たちの苦しみ、生存と引き換えに差し出さなければならなかった者たちの苦しみなんて考えたこともないんだろう、とむかむかする。そして自分の父親を重ねてしまう。どうせこいつもかつては他人を——ことによったら力ない相手を——殴ったに違いない、と。

何の痛みも負わされていない自分が腹を立てる筋違いも、もちろん分かってはいる。

「うちの師匠——社長はさ、俺のこと知ってて、それでも敢《あ》えてつけたんだよ。仕事なんだから私情挟んじゃいけないっていうのは分かってるんだ」

けれど、人間対人間として向き合うのを要求される仕事でもある。

「俺に足りないのは何かな」

唇の端についたウエハースのかけらを舐《な》め取ってつぶやいた。

「技術？　覚悟？　割り切り？　寛容さ？」

それとも忘却？

築はすいっと目を逸らしてしばらく考え込むと「プライド？」と言う。

「それは、どんな相手だろうと完ぺきにこなすぜっていうプロ根性的な？」

「いやもっと単純な話。『自分はこれでごはん食べてる』っていうの、忘れなきゃ大丈夫なんじゃない？　自分で自分を食わせていくって結構大変だからさ」

何不自由ない育ちだったと断言してしまえる築が言うと、逆に妙な真実味があった。

「好きでも嫌いでも小指一本の値段は一緒。精神的な話をするなら、そうだなあ、お金取るのが申し訳ないぐらい、灰谷が色んなことを教わる依頼者だっているわけでしょ。そういう場合のプラスアルファと相殺《そうさい》、ていうかそもそも、嫌いな人だからでき上がりがまずいってこともないと思う」

「……そうなのかな」

どうしても内面は、物に反映される気がしてならない。

「灰谷の上司の人もそれ信頼してるからつけたんじゃないの。頭は選《え》り好みするかもしんないけど、手は選り好みしないって。別にいいんじゃない？　灰谷にとって納得いかなくても向こうが気に入って、それで再スタート切れるんなら。芸術品じゃなくて実用品なんだからさ。……要するに割り切れって言ってるのかな、僕は」

どうだろう、と訊かれて「どうもこうも」と吹き出してしまった。

「お前やっぱ、すげえなあ。普通そんなぱっぱっぱ答えらんないよ」

「もっとまじめに考えろって言われるかと思った」

「ふざけてないじゃん」

蛇行も枝分かれもない、すこんと拓《ひら》けた一本道みたいな思考回路。共感できる時もできない時も、築はいつもそうだった。

「ありがとう。すっきりした」

「何ら具体的な方策を示したわけじゃないけど」

「いや、気の持ちように困ってるって話だったから。俺、結構女々しいな」

額のタオルがすっと目の下までずらされた。視界が繊維にふさがれてしまう。

「築？」

そっと手をあてられたのが分かる。

「いやだって思うのは、本当は分かりたくて優しくしたいからだろ。嫌いでいる自分を肯定してれば迷いもないいんだから。灰谷はいつも、自分の、百％いい面で人と接しようとするから」

「……八方美人て意味？」

「きまじめって意味」

たぶん、褒めてくれてるんだろう、けど。

「そういうのは顔見て言ってよ」

「いいじゃん別に」

「お前でも照れるんだよなあ」

「うるさいな」

手探りで築の手首をつかんだ。

「俺も、築の仕事の悩みとかどんどん聞きたいけど」

「別にないな」

「だよな。専門的な話分かんねーし、築は賢いし、悩んで人に訊かなくても自分で決めて、やり抜きそう」

「過大評価だ」

「そんなことねーよ」

タオルを洗面器に泳がせて「なあ」と見上げた。急に口調が変わって、築がすこし身構えたのが分かる。

「俺に、隠してること、あんだろ」

「……いっぱいあるけど」

「はぐらかすなよ。それもお前ん中では決定済みで揺るがないこと？　ひとりで持っとく秘密？」

「何の話」

引こうとする手を強く留めた。きょう言うつもりなんかちっともなかったのだが、ふっと、こらえきれなくなった。今みたいにぱきぱきと築は答えてくれるのだろうか。

「初めてした日、パソコン借りたろ」

新は言った。

「あん時、メーラー立ち上がってたんだよ。いちばん新しいメール、表示されてて」

それで大方を察したらしかった。全身の強張りが指先から伝わってくる。

「どっかのサーバーから『ドメイン取得完了のお知らせ』って、そのドメインに、俺はすごく見覚えがあったんだけど」

調べてみる？　と築が持ちかけた検査。アメリカにある、というその企業の存在を、もちろん新は、その瞬間まで疑いもしなかった。

「俺の遺伝子検査って、あれ、うそだったんだろ？　全部お前の仕込みだったんだよな」

そこで一旦、待った。築の言葉を。珍しく、放心しきったような表情の築はゆるゆる唇を開き、一言「おかね」とつぶやく。

「二十万、どうやって返そうかずっと考えてたんだ。自然に、灰谷にそれと悟られないようなかたちで戻さなきゃいけないから。クリスマスプレゼントって名目にしてしまおうかって思ったけど、現金はおかしいし、勝手に品物に換えるのも」

「金の話なんかしてねーだろ！」

回転はいいのに、何でこんなあさってなコメントが？ 驚いてつい声が大きくなった。築の手がびくっと怯《ひる》んだのが分かって、慌てて「ごめん」と謝る。

「……お前に詐欺《さぎ》られたなんて思ってねーよ。当たり前だろ」

「何で謝るの」

「不用意にびびらせたから」

「怒ったっていいんだ。むしろ当然だろ。僕がやったのは詐欺だ。灰谷の人生を騙そうとした」

「俺のためだったんだろ」

「分からない」

「築」

「だって」

築は正座した膝に空いた片手をにじにじさまよわせる。

「まどかさんと……うまくいくはずだったんだ。僕の予想では。うまくいって、落ち着いたら白状しようって、それがいいことだって思ってたけど、今となっては……まさかこういう結果になるなんて……」

語尾がどんどんしぼんでいって頬に赤みが差す。それを見ると全部うっちゃって抱きしめてしまいたくなったけれど、中途半端はいけないと自制する。

「築。俺は嬉しかったよ。メール見た瞬間、びっくりしたけど、お前がやったのかって思うと、色々合点がいって。築は俺が、ちゃんと前向いて歩けるようにでっかいうそこしらえてくれたんだって」

——僕にだって、好きなやつぐらいいるんだよ。

あの時の言葉の意味を、やっとほんとうに理解した。

ひと芝居打つための労力は、築の手際よさを思えば大したものではなかったのかもしれない。でも楽しい作業じゃなかっただろうに、たったひとりで考え、決断し、実行した。新のために。

「絶対俺は間違ってなかったって思った。築を好きになってよかったんだって。ずっとお前のこと大事にしようって決めた。築、俺が訊きたいのはさ、お前は違うのかってことだ」

「違うって？」

「未だにネタばらししないでいたのは、お前の中で、俺がこの先女の子とつき合うかもしれないって可能性を、捨ててないからだろ」

手品は一度きり、タネを明かしてしまってはもう使えない。だから築は、自分のついたうそをいつまでも保険として温存しておくつもりなのだと予想がついた。

「俺、お前といい加減な気持ちでつき合ってんじゃないよ。毎日告らなくてもいいって言われたのは、ちゃんとそれが伝わったんだと思ってた」

「そんなこと分かってるよ」

築は伏し目がちに反論した。

「だけど、自分から言ったら、また灰谷を前と同じ不安に引き戻して、縛りつけることになると思った。そうしていいだけの材料を僕は自分に見出せない」

「何で」

「つまんない人間だし」

「いや、お前かなり面白いと思う」

「物珍しいだけだよ。今まで灰谷の周りにはいなかった、ただそれだけだ。灰谷みたいに、人間らしい葛藤をするわけでもない。日がな一日顕微鏡覗いてデータ取る仕事だもん。でもそれが僕の望みだった。人間関係に煩わされるのなんかごめんだって。なのに今になって、自分が空っぽみたいで、焦る」

頬の朱が引いていくと、元々血の気の薄い築の顔は、べっ甲を煮詰めたような黄昏《たそがれ》の暗がりの中に沈んでいく。

「何でこんな面白みのない、そのうえ男とつき合っちゃったんだろう、って灰谷が思う日がきた時、手元にひとつぐらい残せる『安心』がなきゃやってられないだろ」

何があっても好きになった、とは思えない。だから同じように、何があっても好きなままでいる、とも思えない。築の懸念はもっともだった。人と深くつき合うのが初めてなら尚のこと。

「……お前みたく、歯切れのいい回答ができなくって申し訳ないんだけどさ」

手招いて、すこし身を屈《かが》めた築の眼鏡を取る。

「築の言ってること、分かる、分かるよ。それでも、何だよ、別れたその後まで勝手に思い巡らしてんのかよって思うとやっぱ、むかつくわけ。俺はそのむかつきを大事にしたい」

「……よく分かんない」

「だってつき合いたてじゃん！　いちばんいい時だよ。いちゃつくことばっかり考えてさ。一年続こうが十年続こうがつき合いたては今しかねーのに！　捨てろ、そんな邪念は」

頬をきゅっとつねると、築はいく度か目をしばたたかせた。

「……灰谷のほうがよっぽど邪念だと思う」

「うっせー」

新が適当に置いた眼鏡を、片手で器用に畳んで、そっと遠くへやる。

「一年経っても十年経っても、それぞれに『今しかない』って言いそう」

「そーだよ。終わる瞬間まで、今しかないって言い続けるよ」

難しいと知っていて、それでも今、この瞬間の願いを心から口にするのは、うそだろうか。心、という形のないものを終わらせるのがそうそうきれいにいかないのなんて百も承知で。亀裂の入った紙粘土に必死に水をすり込む徒労。膿《う》んだ傷を引っかき合い、癒《いや》すことも切り離すことも思いきれずにお互いの指先を汚し合う空しさ。あるいは思い出を野ざらしにしてしまう風葬のような別れ。

普通にある。どちらかが悪人だったわけでも、過剰にすれていたわけでもない、普通の男と女で。きっと普通の男と男でも。

あるんだろうけどさ。

「失くしたら空っぽでいいよ。後なんてなくていいよ。そんぐらいの腹、なくて、男に告らねーよ」

「……そうなの」

まだためらい混じりではあったが、築はほっとして見えた。しれっと隠してやがって、としびれを切らしたけれども、築なりに悩んでいたのだ。いつも、すぱすぱ物事を豆腐みたいに切り分けていく性格なのに。

「築。好きだよ。築は？」

「アナルセックスを許容できるぐらいには」

「普通に好きって言ってくれよ！　どう考えてもその単語の方がハードルたけーよ」

築の手を、身体の脇へと誘導する。自分の上にくるように。額がくっついた。俺のほうがむしろつめたい、と思った。

「築、ちょっと熱ある？」

「急に色んなこと言われて驚いたから」

「全然そういうふうには見えねーよ」

「灰谷こそ」

「ん？」

「あの晩、気づいてたんなら、何でその場で言わなかったの？　知らんふりして」

「考えたけどさ」

えりあしのやわらかな毛をもてあそぶ。ちりちり指先でこすれる音がする。

「今この話したら何かまたややこしくなるなって。それよかエッチしたかったから、後でいいやって。そのうち築から言ってくると思ってたし」

「……あの短い間にそこまで計算してた？」

「おう。俺ってこう見えて油断ならねーだろ？」

ごく近くで笑うと築は「何言ってんの」と言った。息が、熱い。

「僕は灰谷に油断したことなんてない」

後ろ頭を手のひらで軽く押さえる。それだけで心得たように唇はちゃんと降りてくる。風邪うつすかな、という危惧が頭をよぎりはしたが、触れたい衝動に勝てなかった。

築はもう、くちづけの応《こた》え方を覚えたので初回のようにきつく引き結ばない。正対よりすこしより傾けて斜め加減に、鼻同士がぶつからないように。いつもと違う体勢。上へと伸ばす舌。いつもと違う感じ方で、混ざり合う唾液《だえき》に湯気が立つかと思う。口蓋《こうがい》をじっとりなぞると、まだバニラの香りが残ってかすかに甘い。均等な配分の歯列はなめらかで、何だかよく効く薬のように錯覚してしまう。ぽろりと取れたならきっとためらいなく飲み込む。

「築」

過熟な果物めいてほとびた唇をついばみながらささやく。

「セーター脱いで。汚れたら、悪い」

汚れるようなことまでするの、と築の目が尋ねた。声にならない問いかけに興奮した。

「脱げよ」

もう一度、今度はすこし強く言うとゆっくり袖を抜き、裾《すそ》を引き上げる。それからちょっと考えて、下の服にも手をかけた。ふとんの際で所在なさそうな裸体を自分の上にまたがらせる。一面、砂のように細かな鳥肌を立てていた。ああ、寒いよな。乾燥するし、ロフトは暖かいからヒーターはオフのままだ。やせた身体を守ってやるものが何もない。庇護欲と独占欲を同時に覚える。

ぎゅうと抱き寄せる。重なった裸を抱きしめる。つめたくてさらさらした、人肌になじむ前の布に似た手触り。

唇を重ねながら背筋を指で辿《たど》り、肩甲骨の突出を手でくるむと、粟立《あわだ》ちはすこしだけ収まったような気がした。

「もうちょいずれて」

腰をつかんで築の胸が顔の上にくるよう調整すると、すぐ目の前で寒さに縮む乳首に舌を伸ばした。

「あっ」

築は新の肩に触れるぐらいの位置に肘《ひじ》をついて上体を反《そ》らせている。舌先の戯《たわむ》れに翻弄されるまま左右に、上下に弾かれる淡いささやかな箇所はいったん水分でふやかされたようにゆるみ、また固くなる。頭のてっぺんから築の吐息が、声がこぼれてくる。

「……は、ぁ……っ、あ」

くっと顎を引いてこらえたり、こらえきれなくなって突き出したり、ちいさく身悶《みもだ》える表情を見られないことがむしろ新を燃え上がらせた。突起にぴったりと口をつけ、吸い上げる。

「や、あぁっ……」

もう片方も。唇に挟んで、はしたない音とともに舐めしゃぶる。時々軽く歯を立てると築の腕はびくっと狭《せば》まって新の両耳を圧迫する。

「あ、んん――」

食べ物じゃない何か、を口の中でいつまでも楽しむのは背徳的な快感だ。だから新も高まっていく。子どもが、おはじきやビー玉を飴のように含んでしまうのは、口ざみしさや空腹のせいばかりではなく、大切なものをそうやって愛撫したいという本能的な欲求に衝き動かされていると思えてならない。その透明を、美しさを、なめらかさを。

「やっ」

ふたつの胴体の狭間《はざま》で熱を持ち出しているところがある。手を伸ばすと待ちかねていたようにしなりをふるわせた。

「ああ……っ！　あ、あ」

前歯の表面で乳首をこすってやりながら、昂《たか》ぶりを、奥から手前に扱《しご》く。薄い皮膚が張り詰める裏側やくびれを経て、かすかにくぼんだ突端まで。そこからひそやかなしずくがにじみ出すと指先で塗り込めながらくりくりと円を描いた。口内できつく吸引された胸の尖《とが》りは膨らんで、感じる表面積を大きくする。

「や、いや……あ、ぁ……っ」

性器の漲《みなぎ》りが頂点に近いことを悟ると、新はTシャツを鎖骨までまくり上げた。立ち上がったものが直接皮膚にあたると、築の指は力なく新の髪をかきむしる。

「やだ、離れて」

「いいよ、俺の腹にこすって」

「いやだ……っ」

「しろって」

心臓に直接吹き込むように胸に向かって。耳より近いからきっとよく響く。押しつけるようにすこし上体を浮かせてやると、築はまたがった腰を前後させ、ぬるついた中心を腹筋にすりつける。遠慮がちなのは最初だけで、すぐ生々しい性感に搦《から》め捕《と》られてその動きはあられもない性交の擬態に変わる。

「あ——ああ……あっ、新……」

枕の下から細長いチューブを取り出すと、中の潤滑剤を指にたっぷり絡めて築の背面、いちばん奥に触れさせた。

「あ！　いや……」

「そのまま、止まんないで」

「や、何で、」

さっきから変なことばっかり言う、と非難は甘い泣き言でしかなくて、反省どころか煽《あお》られてしまう。

「……ほら」

ぎりぎりの場所にぴったりあてがうと、ぬるぬるの指先は下肢の動きで勝手に体内へと呑《の》み込まれる。性器への刺激と連動して反応することを覚えさせられたそこは、すでにやわらかい。浅い抜き差し。前と後ろ、二重の自慰。

「いや——いや……っ、あ、やっ」

次第に深く大胆に、築が粘膜の蹂躙《じゅうりん》を求めると片手を腰に添えてより激しい律動を誘導してやる。もう一本、指を添えると性器からの分泌はとめどがなくなってきた。鼓動を味わうように胸に舌を這わせ、築が前に動くのと同時に引けていくはずの異物を、根元まで一気に突き立てた。

「あ——ああっ……！」

一息にひらかれ、一息に昇らされ、新の胸の真ん中に熱い飛沫《ひまつ》が滴《したた》る。絶頂の反動ですぐにもくずおれそうな身体を支えて「乗って」と言った。

「上に乗って、挿《い》れて」

築は腕を立て、新の顔を見下ろす。その拍子に汗が一粒、額から落ちた。無防備な放心の表情はいっそ無垢に見えた。

そんなのできないと拒否られるんだろうなと予想していたら、思ってもみない発言をされた。

「……どっち向きに？」

「え？」

「だから、身体の、向き」

……ああ、そういうこと。普通前じゃね？　と思ったが、試しに「どっちでも」と任せてみた。

「築の好きなほうで」

「分かんないよ」

「好きそうなほう」

するとー度新から離れ、足へと向いた。

「あ、そっちなんだ」

顔を見られるのが恥ずかしい、という判断なのだろうか。

「え、なに、おかしい？」

「いえいえ、単なる感想っす」

「まぎらわしい」

「すんません」

ひとつ息を吐き、築は思い切ったように前置いた。

「言っとくけど、こんなのきょうだけだからね。二度としないから」

「クリスマスプレゼント？」

「一応病人だから」

後は負い目、か。

「焼きつけるわ」

「馬鹿……」

ジャージを下着ごとずらして露出させると、そこにもジェルをたっぷり塗り込んでおいた。後ろ向きにまたがった築が脚の間から手を伸ばし、おそるおそるその位置を確かめ、しかしすぐに引っ込める。

「何だよ」

「……あの……こんなに大きかったっけ」

「褒めんなよ」

「違うし」

「熱のせいでいつもより膨張してんのかな」

早くしたくて痛いぐらいに疼《うず》いていたので、築の不安をそこそこにあしらって腰を落とさせた。欲情の先端が肉のあわいをくすぐると「あ」と背中を反らせた。

「いいよ、そのまま……」

存分にほころんだ器官がちゃんとくわえられるよう、指でふちを拡《ひろ》げる。充血した体内に自分の性器が埋まっていくさまの卑猥さといったらなかった。下の口はしなやかに張り切っていたが、互いが濡れているのでさほどの軋轢《あつれき》はなさそうだ。それでも築は新の上で悩ましげにかぶりを振る。

「あ——あぁ……っ、新、怖い」

「大丈夫、もう先っぽ入っちゃったもん」

後は奥まで、まっすぐ貫くだけ。違う身体の接する境界を指先で撫でてやると呼吸するみたいにみだらにひくついた。

「んんっ……や、あ——」

築が膝を折り畳んでしまうと、新の性器はすっかり呑まれて見えなくなる。全長がくまなく絞り上げられる感覚はそれだけでいけそうに気持ちがいいけれど。

「——動いて。築」

「も……っ、さっきから、勝手ばっかり……っ」

「ほら、きょうだけだから」

病床限定ボーナス、いっそ一生患《わずら》っていたい。

「ん、ん……」

たぶん、唇を噛みしめている、その隙間から切なげな息を洩《も》らしながら築はゆっくりと腰を浮かせ、また沈める。新の発情の上に。緩慢に数往復してから「これでいいの？」と不安げに尋ねた。

「築の気持ちいいように動いて」

「ああっ、あ……！」

自ら内壁をまさぐらせる動作のさ中、過敏なポイントにあたったらしい。上下よりは前後の動きでたどたどしく腰を振り、こすりつけようとする。肉づきの乏しい、物慣れない身体をくねらせるさまがこんなになまめかしい眺めだとは知らなかった。あからさまな貪欲に新は唾《つば》を飲む。筒状に拡がって肉をしゃぶる肉が、内へ、外へ、交互に引きつるようすに我慢できなくなって大きく突き上げた。

「あ！　あぁ、あ、や、だめ、動くなっ……」

「ごめん無理、もう駄目、俺が駄目、めちゃくちゃに犯したい。お前分かってんの？　入ってるとこ、全部見えてる」

「いや──ああ、ああ……っ」

覚えたところを執拗《しつよう》に抉《えぐ》ると、しゃっくりを繰り返すような激しい収縮に巻きつかれた。築が射精したのだと分かる。それと同調するように新の昂ぶりも、呆れるほどの回数脈打ち、間断なく精液を吐き出した。

「んっ……」

築がそろそろと膝を立てる。脚の間から、白濁にまみれたものが抜けていく。濃密な粘液が重たげに内股を伝うのを目の当《ま》たりにし、新は征服したばかりの下肢を力任せに顔の近くまで引き寄せると、両手の親指を水平に差し込んだ。

「や、だっ、あっ、や――」

押し込んだのと引き換えに、内部に満ちていた欲望の具現は溢《あふ》れ出す。激しく抜き差しすると、ぢゅく、とすするような音を立てた。

「いや、あぁ……あ……っ」

ついさっきまでひらかれていた粘膜はどこを圧《お》しても柔軟に受け容れ、同じ強さで圧し返してくる。熱くとろけている。新の体温でとろかした築。充足感と、果てることのないような情欲。

「……っ、築……？」

びっくりした。喘《あえ》ぐばかりだった築が新の下肢にうずくまり、まだ衰えていない性器を口に含んだから。体液でうっすら覆われたのを丁寧に丁寧に舐め、出しそびれたわずかな残滓《ざんし》まで吸い取る。

「築……」

そんなのいいよとか大丈夫かよとか、言いかけたけど声にならない。上手下手ではなくひたすら一心で、奉仕でも愛撫でもなく、とても即物的にそれが好きだからしゃぶっている、という熱心さだった。

知らなかった。

「お前、こんなやらしかったのな」

耳に入っていないように唇で性器を扱いているから、後ろの指を大胆にかき回してやった。

「んぅ……っ」

このまま口に出してもたぶん、ためらわずに全部飲んでくれる。でも新はぜいたくな二択を自分の中で吟味した結果、「ストップ」と築の身体を引き剝《は》がして体勢を変えた。

「あ、なに――」

うすい腰を引っつかんで、背後から挿入する。

「ああ――あ、あっ！」

再びぎりぎりの質量に占められた衝撃が、築の全身を波打たせた。

「やぁ、も、や……っ」

上体は、たちまちぺたりと布団の上にしなだれた。新はつながった部分だけ高く掲げさせたままその背中にぴったり覆いかぶさる。汗を舌ですくう。舌は心臓の真裏で鼓動まで受け取る。当たり前みたいに悦《よろこ》んで絡みつく内壁を振り切り、また埋め込む。

「あっ――あらた、もう、もう」

しきりと限界を訴える築の前をまさぐって具合を確かめると「もうちょっとな」とささやき、今度は身体を縦に抱え起こした。

「ああ……っ！」

中心を強烈に穿《うが》つ。今まで届かなかった奥までこすられ、結合部はいっそう歓喜にうねる。

「やぁ、や、や――っ」

築の声は半ば涙混じりだった。それでもあらゆる角度から味わい尽くしたい、という欲望を抑えられない。汗だくの膝裏に手を突っ込んで両脚を大きく開かせる。さっきまで寒さに毛羽立っていた膚《はだ》。滑らないよう力を込めると内側のやわらかな肉に指が食い込むのが分かった。このまま痣《あざ》になって消えなければいい。夕暮れの終わりかけみたいな紫の痣に。

「あっ、あっ、ああ………っ」

限界を引き伸ばして、こらえて、こらえながら快楽に溺《おぼ》れ、理性からいちばん遠い場所で一緒に解き放つ。


体温計は三七度三分を表示していた。

「お、すげー下がってる。汗かいたせいかな？」

築に報告したら「よかったね」とぐったりした声が返ってきた。

「そんな元気があるなら自分でふとんカバー換えられるよね。疲れた。帰る」

「風呂は？」

「家で入る。じゃあね」

「おい、待てよ、今服着るから」

シャワーを浴びたばかりでパンツ一枚の身じゃ、見送りにも行けない。慌てて着替えを漁《あさ》っていると築が「大人しくしてなよ」と脱衣所の外からけん制する。

「せっかく熱が下がったのに、湯冷めしちゃ元も子もない」

「だって、」

子どもじみてると分かっちゃいるが、鍵の音の中に、ひとり残されるのはいやなのに。せめてエレベーターのところまで、とTシャツだけ引っかぶると、洗濯機の上に置いてあった携帯が鳴る。誰だこんな時に。

「もしもし？」

確かめずに出ると「もしもし」と築の声がする。びっくりして引き戸を開け、玄関に身を乗り出すと携帯を耳にあてたまま軽く手を挙げてみせる。

「しゃべりながらだったら気も紛れるだろ」

生の声と回線越し、奇妙な二重唱になる。

「……うん、たぶん」

試しに背を向け、築が見えないようにする。

『あした、お金持ってくるから』

「利子つけてくれる？」

すぐそこにいるから、靴を履《は》く気配はすぐ分かる。

『一ヵ月も経ってないのに？　暴利だね』

鍵が回る。ドアが開く。外の冷気が一瞬でここまで忍び入ってきたように新はすこし肩を縮めた。携帯に触れる耳だけが熱い。

「身体で払ってくれたらいいよ」

『それなら現金のほうが面倒がなくていいや』

「面倒っておい」

鉄扉が扇形《おうぎがた》に空気を切り、閉まる。ちゃり、と築の手の中でかすかに揺れた鍵が細い暗がりへ差し込まれ、四分の一回転する。かしん。

「そういやさ、こないだの、二次会、どうなったんだよ結局」

『どうって？』

「ジャンケンの話しか聞いてなかったなと思って」

ちょうど五階で停まっていたのか、エレベーターのドアはすんなり開く。聴覚から光景が思い描けるので、築の目を借りているような錯覚を覚える。

『特に、何も』

「うっそ、お前、何か隠してない？」

『何で』

「そんな気がした」

『……気持ち悪い』

「そういうこと言うなよ」

一階に着いた。築が外に出る。短い道を、渡る。ぴゅう、と細い風の声を聞いた気がする。

「例の女の子と、しゃべった？　和解した？」

『……和解っていうか、案外マニアックなこと言われた』

「え、なになに」

『……何で興奮してるんだよ』

「してないしてない」

『あした、気が向いたら教えてやる』

「来る時、何かＤＶＤ借りてきて」

『僕、会員証持ってない』

「じゃあ一緒行こ。平熱になってると思うし。クリスマスだから貸出中ばっかかかな」

『この前、一枚観きれなくて返したのあったよね。あれ気になってたんだけど』

「何だっけ」

『ほら……』

あ。築の部屋の鍵が、回った。扉が開く。閉まる。

かしゃん。

その音はすこしも、新の心臓を不快に引っかかなかった。築が寒くない、安全な場所に着いたということだから。電話越しにその鍵の音は、温かく、近しかった。

ただいま、と築が言う。おやすみまたあした、と。

こんなにも側にいる。

つき合ってみないと分からないことってあるのよ、と姉に諭されたのはもう十年も前だったか。彼女が長らく憧れていた大学の先輩と晴れて恋人同士になったのに、三ヵ月で別れてしまったとき。理由は相手が「偏食すぎた」からだという。アレルギーではもちろんなく、ただただ大人としてありえないレベルで好き嫌いが激しく、デートのたび、ファストフードかラーメン屋しか選択肢がないのが苦痛になってしまった、らしい。

築に言わせればそれは単に「リサーチが甘い」。きのうきょう出会った相手じゃなし、裸になってみなければ分からない種類の偏向でなし。何でもっと早く気づかなかったの？　弟の疑問に姉はそう答えたのだった。

そして今、その言葉はある程度正しい、と思う自分がいる。姉さんごめん。

確かに分からなかったよ。

「なあ」

「またその話」

もはや導入部だけで察しのついてしまうところがいやだ。

「だって気になるんだもん」

「気になるんじゃなくて気にしてるんだろ。気にしない努力をしなよ」

「そういう言葉の遊びでごまかさないでくんない？」

背中からぐっと、体温が迫ってくる。毛布の中。

「暑いよ」

なあ、と新は繰り返す。

「二次会でどんな話してたの？」

「言わない」

「こないだ教えてやるって言ったじゃん！」

まさか、こんなに嫉妬深い一面があろうとは。

「気が向いたらって言った。……それに、誰にも言わないでって言われたの思い出したから」

「お前、そんなやましい約束していいと思ってんの？」

「何がやましいんだか」

「俺がこんなに気にしてるのに、築は昔の同級生との約束を取るんだ」

「いやだからこだわるほどの話じゃないから」

「じゃあ教えてよ」

「だから……」

何度目だ、この堂々巡り。割に甘ったれなのは知ってたけど、こういう方向性は想定外だった。逆ならともかく、何で自分が新にやきもきされなければならないのか。

「大体それ、つき合う前のできごとじゃないか。遡及しないで」

「俺の中では半分ぐらいつき合ってた」

「何だよ半分って」

「築ー」

「寝ようよもう、いいから」

そして、くだらないやり取りを繰り返してしまう自分、をも発見してしまう。適当な作り話であしらえばすむのにそうしないのは、たぶん楽しいからで。あーあ。知らなかったな。鼓動はクリームみたいにとろりと混ざり合ってどちらのものともつかなくなる。

おやすみ。

＊＊＊＊＊＊＊＊＊　＊＊＊＊＊＊＊＊＊　＊＊＊＊＊＊＊＊＊

このたびも穂波ゆきね先生のイラストにお目にかかれてほんとうに幸せでした。紙の中の人たちなのに、笑った顔にも怒った顔にも毎回、ちいさく恋をしてしまう感じです。表紙は何だか泣きたくなってしまうほどでした。真夜中でも朝でもなく、外が暗くなっていく時間帯を一緒に過ごせる相手は特別だと思います。

ありがとうございました！　一穂ミチ

✦初出　窓の灯とおく……………書き下ろし
　　　　鍵の音ちかく……………書き下ろし

一穂ミチ先生、穂波ゆきね先生へのお便り、本作品に関するご意見、ご感想などは
〒151-0051 東京都渋谷区千駄ヶ谷 4-9-7
幻冬舎コミックス　ルチル文庫「窓の灯とおく」係まで。

幻冬舎ルチル文庫

窓の灯とおく

2011年11月20日　第1刷発行
2023年 4 月20日　第2刷発行

✦著者　一穂ミチ　いちほ みち

✦発行人　石原正康

✦発行元　株式会社 幻冬舎コミックス
〒151-0051 東京都渋谷区千駄ヶ谷 4-9-7
電話 03(5411)6431［編集］

✦発売元　株式会社 幻冬舎
〒151-0051 東京都渋谷区千駄ヶ谷 4-9-7
電話 03(5411)6222［営業］
振替 00120-8-767643

✦印刷・製本所　中央精版印刷株式会社

✦検印廃止

ISBN978-4-344-82376-1　C0193　Printed in Japan